Mayk D. Opiolla

Momentaufnahmen 5

Neues von Langeoog, Gott und der Welt

Buch:

Auch in Band 5 der „Momentaufnahmen" werden die meisten der kurzen, tagebuchartigen Erzählungen von einer sinnlich-melancholischen Grundstimmung getragen. Es ist eine Zeit der Abschiede: Ein Hund tritt in das Leben des Ich-Erzählers und verschwindet wieder, eine langjährige Freundschaft zerbricht, ebenso wie eine ohnehin nur heimlich gelebte Romanze. Findet sich die Antwort auf all das Suchen und Winden, der ersehnte Halt und Trost vielleicht doch nur in der Liebe Gottes? Einen Lichtpunkt setzt die Konversion des Erzählers zum Katholizismus und macht das Thema „Glauben" zu einem der Schwerpunkte in diesem Band. Es geht um Rückzug und Resilienz, um Depression und Dreifaltigkeit, um Waldfrieden und Friedwälder, um Liebe und Loslassen, um Hunde und Herrchen, um Klüngel und Klerus, um Zölibat und Zärtlichkeit. Wie in den Vorgängerbänden wird die Passion des Ich-Erzählers für die Schönheit der Schöpfung in bildgewaltigen Beschreibungen der Umgebung deutlich: Sei es die Insel Langeoog, ein Dorf im ostfriesischen Nirgendwo oder ein Wald mitten im Ruhrgebiet. Weitere Handlungsorte sind die Insel Norderney, Bremen, der Dom zu Osnabrück, das Bergische Land sowie ein Zisterzienserkloster.

Umschlagabbildung: Kirche St. Nikolaus, Langeoog. ©Mayk Opiolla

Bibliografische Information der Deutschen Nationalbibliothek:
Die Deutsche Nationalbibliothek verzeichnet diese Publikation in der Deutschen Nationalbibliografie; detaillierte bibliografische Daten sind im Internet über www.dnb.de abrufbar.

Impressum
Mayk D. Opiolla:
Momentaufnahmen 5 — Neues von Langeoog, Gott und der Welt
©2018 Mayk D. Opiolla, Langeoog
Herstellung und Verlag:
BoD – Books on Demand, Norderstedt

ISBN 978-3-7481-0967-9

Meinen Eltern

Inhalt

Winter

Es ist warm, beinahe frühlingshaft. Und doch ist November.

Kriechkiefern klammern sich an sandige Dünenränder. Entlaubte Brombeerranken strecken sich mit ihren Dornen wie dürre, warzige Finger über den Radweg. Die Sonne wärmt noch immer und taucht die Landschaft am späten Nachmittag in Rot und Gold. Das Gras zu meinen Füßen, über das in einiger Entfernung auch leise schnatternde Graugänse watscheln, hat nichts von seinem sommerlichen Sattgrün eingebüßt: Noch nicht.

Es ist ein schöner Tag, und so zieht es mich in die Natur, weil man so ein Wetter nicht umkommen lassen kann, egal ob man in Ausflugslaune ist oder nicht.

Schließlich kann es nun täglich umschlagen, und aus der milden, blaubehimmelten Pracht werden viele Monate kalter, karger Dunkelheit.

Über der Melkhörndüne, Langeoogs höchster Erhebung, ballt sich eine Wolke in reinstem Weiß. Unten, in Richtung Süden, breitet sich die See hinter den Salzwiesen wie ein silberfarbener Spiegel, darüber die Umrisse der Windräder auf dem Festland. Im Norden tost das noch immer sturmbewegte Meer. Von der Melkhörndüne aus sieht man das Wasser zu allen Seiten.

Der Wind weht heute nur frisch; es ist gut auszuhalten hier oben. Die Böen spielen mit meinem Schal, streichen über die Haut, verwirbeln die Haare. Die Natur kennt keine Berührungsängste, und ich wünschte, es wäre mit den Menschen ein wenig anders.

Manchmal, denke ich, hadere ich ja doch damit, maximal noch intellektuell von Interesse zu sein, auch wenn ich es im Grunde gar nicht anders will und auch keine Bemühungen unternehme, daran irgendetwas zu ändern.

Es hat zweifelsohne auch seine Vorteile, in erotischer Hinsicht tot für den Markt zu sein, aber zuweilen hätte man ja dennoch gern zumindest mal wieder jemanden im Arm. Es ist schwer, diese Form von Bedürftigkeit zuzugeben, man schämt sich. Aber so sei es, denke ich. Wenn Gott das will, hat es seinen Sinn, und es ist nicht zu hinterfragen: SEIN Wille geschehe.

Wie hätte ich, als ich mich noch als Agnostiker bezeichnete, getobt über einen solchen Satz! Eine Ausrede für Denkfaule — Denn ist es nicht allzu leicht, sich alles und jedes im Leben mit Gottes Willen zu erklären? Ist das nicht ähnlich unbefriedigend wie damals, als man als Kind auf Fragen nach dem „Warum?" oft nur ein „Darum!" als Antwort erhielt?

Aber es liegt auch viel Beruhigendes darin. Denn auf manche Themen im Leben, so lernt man, gibt es einfach keine Antworten. Vieles im Leben ist und bleibt unerklärlich. Und die romantisch-erotisch konnotierte Liebe gehört zweifelsohne dazu. Ich werde keine Antwort dafür finden, warum es davon in manchen Leben überreichlich gibt und in anderen Leben zumindest konventionelle Formen von Liebe überhaupt nicht oder nur in hömoopathischen Dosen stattfinden. Also, schlussfolgere ich, kann ich es auch gleich so sehen: Gott will es so. Und dann muss mir SEINE Liebe reichen.

Ein paar Regentropfen fallen plötzlich wie aus dem Nichts aus dem Himmel, in Ostfriesland ist das oft so. Sie versickern im sandigen Untergrund, kaum, dass sie fielen, ein paar glänzen noch Sekundenbruchteile in Zweigen wie eilig drapierter Weihnachtsschmuck: Auch dieses Fest ist jetzt nicht mehr weit.

Ich denke, dass Liebesglück meist ist wie diese kurzen Regengüsse: Da ist dann plötzlich dieses Gefühl von Geborgenheit, ein beiderseitiges Vertrauen, das man seit Ewig vermisste, diese Zärtlichkeit zwischen den Zeilen, ein hauchfeines Klingen von Zuneigung, ein Schimmer Hoffnung auf Ewigkeit oder zumindest viele Jahre.

Für einen Moment wäscht dieses Glück einem dann den Dreck ab, löst die Krusten alter Verletzungen, enthüllt neue, rosige Haut, heilt, füllt, polstert. Und dann ist man eine Weile immun gegen all die kleinen Betrübnisse des Alltags, weil man ja seine Arme hat oder zumindest die warme Umarmung seines Trostes, die Stärkung seiner Worte am Telefon oder im Brief.

Aber immer ist es zu schnell vorbei, aufgebraucht, verlebt, zerlebt, und das Glück versickert. Der Lieblingsmensch geht, empfindet nur Freundschaft oder liebt einen anderen, und man leidet, weil er nicht mehr da ist — oder zumindest nicht in der Form, in der man ihn gerne hätte.

Erneut wird Brachland aus der Liebe, durchsetzt von brackigen Tümpeln, von denen man wünschte, sie wären aus Tränen, aber Weinen kann man schon Jahre nicht mehr.

Die Dürre bringt dann die Furchen zurück: In das noch gerade lächelnde Gesicht, in den Acker. Die zarten Hälmchen der Setzlinge, in deren kümmerlicher Gestalt man schon die prachtvollen Pflanzen des nächsten Jahres erkannt hatte und von deren Früchten man träumte, sinken zurück in die Erde, untergepflügt mit der nächsten Fuhre idiotisch-naiver Hoffnung. Und erneut erblödet man sich zu meinen, dass daraus mal irgendetwas wachsen könnte, obwohl man längst weiß, dass dieses ausgedörrte Stück Land einen niemals ernähren wird.

Die Aussichtsdüne füllt sich, die Leute wollen sich den Sonnenuntergang anschauen. Ich mache mich an den Abstieg: Zuviel Romantik für einen desillusionierten alten Mann.

Über Dreebargen ziehen Weißwangengänse. Ich denke an ein Lied von Robert Wyatt, in dem es übersetzt heißt:

Wir fühlen die Wärme Eures Atems nicht
hier an den eisigen Rändern der Erde
Ihr hört den Rythmus unserer Rufe nicht
in dem wir um das Kommen des Frühlings beten
(Robert Wyatt, „The highest gander", Übers.: M. Opiolla)

Auf dem Rückweg halte ich an der Kirche, um für einen erträglichen Winter zu beten. Fast alle Opferkerzenplätze sind besetzt; ein verglimmender Kerzenrest, angezündet für irgendjemanden, tropft laut in die Stille.

Es ist kalt geworden mit Einbruch der Dunkelheit. Aber ich denke, dass es gut ist, dass ich jetzt friere. Denn so wird mir die Wärme meiner Wohnung willkommen genug sein: Willkommen genug, um kurz das Sehnen nach einer Art von Wärme zu vergessen, die ich mir selbst zu spenden nicht in der Lage bin.

Gefährte

Es ist eine sternenklare, kalte Nacht. Auf den Straßen ist es dunkel und absolut still. Um diese Zeit ist kaum ein Haus bewohnt, nur ab und an sieht man einen Lichtschein aus einem der Fenster: Feriengäste, welche die Einsamkeit des Inselwinters schätzen oder einer der wenigen Dauerbewohner in meinem Viertel.

„Geisterviertel" werde es von einigen auch genannt, verplapperte sich mir gegenüber einst eine Insulanerin, weil dort gar niemand wohne im Winter.

Mir mache das nichts, sagte ich damals, es sei schön das Haus mal für sich zu haben; die Straßen, den Strand. Ohne das ständige Kommen und Gehen, ohne das zwangsläufige Mitanhören von fremdem Streit und Geplänkel.

Aber manchmal ist es schon ein bisschen unheimlich in diesen Winternächten, mit dieser gewaltigen Schwärze der Nacht über und um einem, welche die winzigen Lichtkegel der spärlich gesääten Straßenlaternen nicht zu durchbrechen vermögen. Am Himmel Myriaden von Sternen, die Milchstraße und einzelne Wolkenbänder wie silbrige Flüsse in der Dunkelheit. Still ist es. Nichts hört man außer dem Wind, dem eigenen Atem und dem leisen Aneinanderschaben der Kleidungsschichten bei jedem Schritt. Beim Fahrradverleih um die Ecke singt ein Fahnenmast, ein einzuholen vergessenes Werbebanner aus Segeltuch knattert mit jedem Angriff der Böen.

Irgendwas hat die Gänse geweckt, die zu Hunderten weit hinten in der Nähe des Deiches rasten. Ein Rufen und Schnattern geht durch die Nacht, dann kehrt erneut Ruhe ein.

Es ist kalt geworden. Hinter mir höre ich das leise Tapsen von vier Pfoten. Ein Hund folgt mir, und wenn ich stehen bleibe, bleibt er auch stehen. Manchmal überholt er mich auch ein Stück, aber dann dreht er irgendwann um und sieht mich fragend aus großen, treuherzigen, braunen Augen an. Es ist mein Hund.

Und ich sehe diesen kleinen, treuen Gefährten ebenfalls an und mich erstaunt täglich aufs Neue, mit welcher Intensität man ein Tier lieben kann.

Er nervt mich, wenn ich morgens noch im Tiefschlaf bin und er dann fiepend am Bett steht, weil er raus will. Er nervt, wenn ich für meine Arbeit fotografieren muss und er dann ins Bild rennt oder an der Leine zerrt, sodass alles verwackelt. Er nervt, wenn ich beschäftigt bin und er seine Nase zwischen meinen Arm und meinen Körper oder unter meine Hand drängelt, weil er gestreichelt werden möchte. Und noch immer kämpfe ich gegen Würgereiz an, wenn ich diese unsägliche Tüte über meine Hand stülpe und die Finger, nur durch hauchdünnes Plastik getrennt, um eine noch körperwarme Wurst Scheiße schließen muss, die dann langsam darin erkaltet, während ich verzweifelt nach einem Mülleimer suche — und dabei hoffe, unterwegs niemanden zu treffen, der mir zu Begrüßung die Hand reichen möchte.

Es nervt, wenn man für einfachste Wege plötzlich Ewigkeiten braucht, weil Monsieur jedem Grashalm untersucht, als sei er im früheren Leben Botanikprofessor gewesen, und es nervt, wenn ich nicht mehr gedankenlos mit dem Bürostuhl zurückrollen kann, weil der Hund natürlich immer genau dort liegt, wo man ihn versehentlich touchiert. Und was mich bei kleinen Kindern schon tangiert — dieses wortlose, minutenlange Anstarren — das bringt so ein Hund erst zur Meisterschaft!

Aber dann sehe ich ihn zusammengerollt irgendwo schlafen, in seiner herrlich beruhigenden, animalischen Schlichtheit, mit der er im Schlaf schmatzt und leise „wuff" macht, und bin einfach froh, dass er da ist.

Klar, mag man sagen, so ein Hund liebt jeden, der ihm zu fressen gibt, ein warmes Zuhause und der ihn nicht schlägt.

Und dennoch bin ich überwältigt davon, wie loyal so ein Tier wirklich ist. Jeden Morgen freut er sich schwanzwedelnd über meine Ansprache, obwohl ich ihn innerlich für die Uhrzeit verfluche, und wenn ich fort war, freut er sich beim Heimkommen, als sei ich Monate weg gewesen. Er sucht meine Nähe, als wäre ich das gütigste Wesen auf dem Planeten, allein dafür, dass er hier leben darf.

Selbst wenn ich ihn zurechtweise, weil er fremde Hunde nicht angehen soll oder aufs Bett springen, hat er mich Sekunden später wieder lieb, als sei nie etwas gewesen.

Ich hatte schon öfter einen Hund, aber das waren immer nur Pflegehunde zur Urlaubsvertretung, die wussten, wo sie hingehörten. Und ich wusste das auch. Wir mochten uns, sonst hätte ich die Hunde nicht beherbergt, aber es war ein eher höfliches Verhältnis: Eine Freundschaft und Wohngemeinschaft auf Zeit.

Das hier indes, scheint mir, ist deutlich mehr, und alle wissen das: Es ist Familie.

„Hast Du Platz für einen Pflegehund?", schrieb eine tierliebe Freundin, „Sein Besitzer ist verschwunden und wahrscheinlich im Gefängnis. Wir wissen kaum etwas über den Hund; nicht wie er heißt und auch nicht, wann oder ob sein Besitzer jemals zurückkommt. Klar ist ist nur: Er braucht ein Zuhause. Und zwar jetzt."

Als Anhang schickte sie ein Foto.

Ich schrieb mein „Ja!", bevor ich es denken konnte: Das war mein Hund, schon auf den ersten Blick.

Eine Stunde später drückte sich der Hund ängstlich um die Beine der Freundin in meinem Hauseingang herum, traute sich kaum die Treppen hinab zu meiner Wohnung. Aber irgendwann war er dann drin, die Freundin ging, und ich saß da und hatte einen Hund.

„Gott fügt und fügt, ich freue mich so sehr für Dich", schrieb mir der Lieblingsmensch aus der Ferne, bevor mir selbst klar werden konnte, ob ich all das hier wirklich wollte. Aber offenkundig nahm mir Gott die Entscheidung ab, und auch der geliebte Freund wusste, wie sehr ich Tiere mag.

Ich wollte ja immer einen Hund, aber es gab auch immer irgendeinen Grund dagegen. Aber nun galt es, den Hund um die Gründe herumzudrapieren, bis sie klein und nichtig wurden oder bis sich eine Alternative fand. Es ging ja nicht anders, das Tier brauchte mich.

Was ein aufregendes Jahr, denke ich, noch immer in ungläubigem Erstaunen. Aber mein Kontoauszug zeigt die abgebuchte Hundesteuer, die Tierhaftpflichtversicherung, das Honorar des Tierarztes: Der Hund ist real, und, im Gegensatz zu vielen Menschen in diesem Jahr, wird er bleiben. Er wird geduldig sein und anspruchslos, er wird verzeihen und mir treu ergeben sein. Er wird meinen Hygiene- und Ordnungssinn vor neue Herausforderungen stellen und mir irgendwann auf den Teppich kotzen. Er wird mich zu Unzeiten aus dem Bett fiepen, meine Freiheit einschränken und meinen Kontostand mit Regelmäßigkeit erröten lassen. Aber ich werde für ihn da sein und ich werde ihn lieben, weil ich nicht anders kann und er niemanden sonst hat.

Ich bin seine Heimat, sein Hafen. Das ist eine große Verantwortung. Man kann mit Hunden ja keine demokratischen Entscheidungen treffen. Ich muss autoritär sein, ihm gegenüber und gegenüber mir selbst: Jeden einzelnen Tag.

Der Hund ahnt nicht, was ich über ihn denke. Er schläft arg- und sorglos zu meinen Füßen, und es ist schön, ihn in dieser Geborgenheit zu wissen; mit diesem Urvertrauen. Draußen dämmert ein neuer Tag auf der Insel, auf der im Winter für viele die Zeit stehenzubleiben scheint. Um uns herum tost das uralte, ewige Meer.

Compassion

Ich hatte die Kraft des „Irgendwann" unterschätzt. Das Irgendwann war ein diffuses Donnergrollen in weiter Ferne, ein monotones Summen von Elektrizität irgendwo hoch über den Feldern. Das Irgendwann war anfangs präsent, leise zwar, aber man sah es. Doch dann gewöhnte man sich, und das Irgendwann zerfloss zu einem warmen, umschmeichelnden „Wird schon nicht."

Irgendwann will er den Hund zurück.
Der kleine Gefährte liegt in sein Lammfell gekuschelt und schläft. Wenn ich seinen Namen rufe, der nicht der ist, den der Vorbesitzer ihm gab, steht er auf, kommt zu mir an den Tisch und sieht mich fragend an. Die letzten Meter zum Haus rennt er, wenn wir heimkommen, und er weiß, wo der Wäschekeller ist, in dem ich ab und zu verschwinde. Dann wagt er sich die Treppen hinunter und schaut nach mir, steckt das neugierige Näschen mit in die Trommel, das immer aussieht, als habe er aus einem Topf Puderzucker genascht. Der Hund kennt sich aus; er weiß, wo er wohnt.

„Es ist für ein paar Tage." „Zwei Wochen vielleicht." „Der Besitzer ist bis auf Weiteres verschwunden."
Da war es also, das schöne, warme „Bis auf Weiteres" und

winkte mit fast so etwas wie einer Zukunft. Der Hund und ich. Wir beide.

Aber dann materialisierte sich das „Irgendwann", baute sich kalt und drohend vor mir auf, mit einem Datum im Schlepptau. „Er will den Hund zurück."

Mein Vater schickte eine DVD von „Tim und Struppi": Der Lokalreporter und sein Hund, das seid ihr beide.

Ich brach in Tränen aus.

Du wusstest doch, dass der Hund nicht dir gehört, wurde geunkt, du hättest ihn ja nicht nehmen brauchen. Nein. Ich hätte ihn auch nicht lieben brauchen. Dann wäre er eine Sache, die man aufbewahrt und gegen einen angemessenen Obulus wieder abgibt. Dann wäre er ein Geschäft. Aber ich bin sein Zuhause geworden, jetzt, nach all der Zeit.

In meiner Lieblingszeitschrift GEO ist ein Bericht über eine Frau, die sich um Pflegekinder kümmert. Wie sie das schaffe, in dem Wissen, alle wieder hergeben zu müssen. Irgendwann, vielleicht. Vielleicht auch nie. Sie böte den Kindern ein gutes, glückliches Jetzt. Ums Morgen wisse man nicht. Nie.

Ich sehe den Hund an und denke: Dann hast Du bei mir eben die schönste Zeit Deines Lebens. Dann werde ich Dich mit Liebe und Fürsorge zuschütten, damit Du noch lang davon zehren kannst, solange es halt irgendwie geht. Aber dann schiebt sich, kalt und knirschend, dieser Riegel übers Herz, der sagt: Hör auf ihn zu lieben. Am besten schon gestern. Er bleibt nicht.

Mich erreicht die E-Mail eines Bekannten, seine Frau habe ihn verlassen. Ich fühle seinen Schmerz, höre förmlich aus den Zeilen, wie seine Welt vor mir zerbröckelt, noch weit entfernt davon, sich zu etwas Neuem zusammenzufügen. Der Mann tut mir Leid. Ich weiß, was er durchmacht. Und trotzdem, denke ich, ist man in diesem Leid so mutterseelenallein.

Ich kann ihm sagen, dass ich mit ihm fühle. Dass ich seine Hilflosigkeit verstehe, das Klammern an jeden Halm, um das Unbegreifliche begreiflich zu machen.

Es ist gut, wenn Menschen mitfühlen, denke ich. Und trotzdem: Das Leid nimmt einem niemand ab.

Man muss alleine durch. Mit Glück reicht einem jemand die Hand, mit Glück leuchtet einem jemand ein Stück des Weges. Und Gott? Natürlich ist Gott da, Gott fügt und führt, aber oft genug sind unsere Wege so verschlungen, unsere Trauer so gleißend, dass wir sein Licht nicht sehen und seine Hand nicht erkennen.

Und auch das Leid, so lehrte mich das Leben, ist wirklich niemals sinnlos. Sollte ich den Hund also hergeben müssen, wäre das Leiden entsetzlich. Aber ich nähme es an, besänne mich auf die wunderbare Zeit, die wir hatten, zöge Lehren daraus und sähe nach vorn: Zumindest nehme ich mir das vor.

In zwei Monaten bin ich Katholik; es steht mir nicht mehr zu, mein Schicksal zu hinterfragen oder damit zu hadern. Das hat etwas Beruhigendes: Der Herr wird es richten. Es gibt für alles einen Plan.

Ist das naiv? Gibt man damit Verantwortung ab? Ist Religion doch nur das vielzitierte Opium fürs Volk? Ich mag nicht mehr darüber nachdenken. Gott existiert. Ich habe es zur Genüge erfahren.

Draußen schlagen die Zweige im Sturm ans Fenster. Regen tropft von der Lichterkette, die sich durch meine Winterheide schlängelt. Hundert kleine Lichtpunkte in der Schwärze der Inselnacht, vergangene Weihnachtsfreuden. Der Hund und ich inmitten unzähliger Pakete und Ansichtskarten, die meisten der Geschenke waren für ihn. So viel Mitgefühl, soviel Mitfreuen. Unmengen Delikatessen; der Hund und ich teilten uns ein Brot mit Trüffelleberwurst.

Er ist so glücklich. Mein Weinen verstört ihn, und ich mag ihn nicht ansehen, weil ich dann denken muss: Bald kommst Du weg. Vielleicht. Und ich weiß nicht, ob das „bald" schlimmer ist oder das relativierende „vielleicht", das die frische Wunde im Herzen gleich wieder mit seinem Sirup zukleistert.
„Wir helfen Dir", sagen die Freunde.
Compassion. Einer der Jesuitenpatres, die bei uns als Kurpastoren Dienst tun, erklärte einst, dass ihm das englische und spanische Wort lieber sei als unser „Mitgefühl", weil in der Kon-Passion das Leiden steckt, das mehr sei als das bloße Fühlen — aber auch etwas anderes als das bei uns eher abfällig besetzte Wort „Mitleid". Mitleid will niemand. Mitgefühl tut gut. Und die *Compassion,* das Mit-Erleiden? Fühlt sich nach einer ausgestreckten Hand an, die das Kreuz tragen hilft. Ohne viele Worte. Ohne Bedauern. Mit purem Da-Sein, Anfassen, Helfen.

Ein lieber Freund formuliert das in der Regel so: „Was kann ich tun?" Kein „Kann ich was tun?" Kein „Was willst Du jetzt tun?". Vermutlich bringt genau das *Compassion* auf den Punkt. Die stützende, helfende, fangende Hand.
Ich bin dankbar dafür. Denn der Hund soll es nicht spüren, das Leiden und Straucheln. Ich bin sein Zuhause. Und ein Zuhause braucht feste Wände.

Knall

Um 17 Uhr herrscht bereits Krieg. Als ich aus dem Haus trete, liegt der Geruch von Schwarzpulver in der Luft. Seit zwei Tagen wird geknallt, in den Dünen liegen die leeren Plastikhülsen der Böller. „Wer Böller kauft, hat kleine Pimmel" schreibt eine befreundete Berliner Drag-Queen auf ihrer facebook-Seite. Das kann ich so nicht verifizieren, da ich keinerlei Ambitionen hätte, bei Leuten, die bereits zwei Tage vor Neujahr an Pyrotechnik dilettieren, überhaupt nachzuschauen, aber die pädagogische Intention der Drag-Queen weiß ich zu würdigen. Schließlich erreicht man heutzutage fast nur noch mit dergestalten Ansagen seine Zielgruppe. In Berlin sowieso.

Mir indes zerrt die Knallerei an den Nerven. Mein Hund hat Todesangst. Dennoch müssen wir uns rauswagen, eine spätere Runde ist ausgeschlossen: Es würde ja nur immer schlimmer. Kaum sind wir ums Eck, geht der nächste Böller los; schemenhaft sieht man grölende Menschen in Gärten herumfuchteln. Der Hund bellt und springt in Panik, er ist kaum zu bändigen.

Auch die Möwen auf dem Dachfirst, sonst furchtlose Kreaturen, stieben aufgeregt auseinander; noch minutenlang hört man verstörtes Krächzen und Flügelschlagen.

Wenig später trifft es einen Schwarm Gänse, der auf einem der Äcker ruhte. Panische Rufe, das Geräusch hunderter in Hast ausgebreiteter Schwingen.

Am Himmel Lichtfontänen, denen ich nichts Gutes mehr abgewinnen kann. Nicht hier im Nationalpark.

Früher fand ich Feuerwerk mal schön. Ich finde es immer noch schön, wenn es in Städten von Profis, in festem

Zeitrahmen, irgendwo über einem Hafen oder auf einer Brache abgebrannt wird. Aber im Naturschutzgebiet?

Ich sehe der roten Feuerblume, die sich da am Nachthimmel entfaltet, ärgerlich hinterher, während ich mein wimmerndes Tier streichele.

Spitzfindige behaupten an dieser Stelle gern, dass das Naturschutzgebiet ja erst am Dorfrand anfinge und das Ballern im Dorf erlaubt sei — nur, frage ich mich: Cui bono? Welches Tier schreckt denn nicht dennoch in der Ruhezone I, die man nicht einmal betreten darf, auf, wenn keine 150 Meter entfernt davon die Hölle losbricht?

Es ist bereits stockdunkel. Gardinen scheinen in Ferienwohnungen nicht mehr en vogue zu sein, vermutlich ist das Waschen zu aufwändig. Man kann überall durch die Fenster sehen. Menschen sitzen um Tische. Teenies über elektronischen Geräten. Eine Frau sieht sich strickend eine Naturdokumentation auf einem riesigen Fernseher an. Ein Pärchen liegt ungeniert im Bett, direkt vor dem großen Panoramafenster zur Terrasse. Eine Familie hat sich in einem Raum versammelt. Der Patriarch erklärt gestikulierend irgendetwas. Frau und Nachkommen lauschen gesenkten Hauptes. Mit Topfhandschuhen wird eine Auflaufform aus dem Ofen gezogen.

Auf der Straße ist es still, vom Böllerlärm und gelegentlichem Auflachen irgendwo einmal abgesehen. Man hört keine Kinder, keine Gespräche, keine Schritte.

Die Leute sind drinnen und bereiten sich auf die Nacht vor. Das Naturschutzgebiet um sie herum liegt in einsamer Schönheit, die Dünenkette reckt sich schwarz in den Nachthimmel, über den blaue Wolkenflecken ziehen. Der Abendstern prangt in voller Schönheit.

Ich gehe durchs Dorf. Die Restaurants sind überfüllt, die Regale der Spirituosenhandlung leergeräumt. Um den Glühweinstand herum hat bereits die Luft mehrere Promille. Ich zerre den Hund von Erbrochenem weg. Es ist jetzt 17:30 Uhr.

Die Insel quillt über. Wenn man die Tage durchs Dorf ging und auf den Boden sah, um nach dem Hund zu schauen, oder weil einem im Regen die Kapuze ins Gesicht rutschte, so sah man nichts als Beinebeinebeine. Am Strand ein ähnliches Bild.
Es ist zu voll: Silvester ist Hauptsaison.
Riesige Familienverbände. Weinselige Kegelschwestern und -brüder. Gruppen von Pärchen mit erschreckend genderstereotypem Gebaren: Die Männer geben an und sind laut, die Frauen kreischen und wollen gefallen. Ein paar Kinder sind da, aber nicht so viele wie in der Hauptsaison.
Viele Hunde.
Das Meer sabotiert den Trubel. Es ist von einem so leblosen Aluminumgrau, als wolle es sich unsichtbar machen, und auch die Brandung ist nur als „langweilig" zu bezeichnen: Gehen Sie weiter, hier gibt es nichts zu sehen!

Um 18:00 Uhr ist Messe. Es ist überraschend voll, warm und friedlich. Ging man noch mit Ängsten und Sorgen hinein, so kam man friedlich und voller Zuversicht hinaus. „Von guten Mächten" wurde gesungen und man kann nur einmal mehr in ehrfürchtiger Demut vor Dietrich Bonnhoeffer sein Haupt neigen, der diesen wärmenden, mutmachenden und hoffnungsvollen Text im Gefängnis vor seiner Hinrichtung schrieb.
Aber auch während der Messe pfeift und knallt es um die Kirche herum; nicht einmal die Orgel vermag die Knallerei

zu übertönen, auch nicht die Gemeinde.

Ich denke an die letzten Zeitzeuginnen und Zeitzeugen des Krieges, denen das Flakfeuer noch in den Ohren klingt, die Detonation der Bomben. Meine Oma mochte kein Silvester. Ich beeile mich, heimzukommen zum Hund.

Normalität soll man demonstrieren, wenn die Tiere Angst haben, also beschäftige ich mich mit Hausarbeiten, koche, mache Wäsche. Aber bei jedem Böller dreht er vollkommen durch; nur wenn ich mich neben ihn setze, ihn halte und streichele, ist Ruhe. Inzwischen — es ist immer noch weit vor Mitternacht — kommen die Schüsse fast pausenlos. Irgendwann gebe ich auf und lege mich neben das Hundebett, eine Hand auf dem Tier. Sobald ich aufhöre, ihn zu streicheln, springt er wieder auf, läuft zum Fenster, bellt und bellt und bellt, bis er heiser ist und würgt.

Um 23 Uhr sind wir mit den Nerven Parterre, um Mitternacht kauern wir zusammen auf dem Fußboden; ich berge das weinende Fellbündel in den Armen.

Gegen 1 Uhr lässt das Knallen nach. Der Hund fällt sofort in Erschöpfungsschlaf. Meine Neujahrsbotschaft an den Lieblingsmenschen und die Eltern fällt einzeilig aus; auch ich kann die Augen nicht aufhalten: Es ist ja schon die zweite schlaflose Nacht, denn sobald Böller verkauft werden, wird auch geböllert.

Am Morgen werde ich gegen 7 wach, der Hund döst. Ich wecke ihn auf zur Runde. Die ersten 100 Meter pisst und pisst er, 12 Stunden eingehalten hat er, und ich bin stolz auf ihn, wie gut er das geschafft hat, auch wenn er mir sehr Leid tut.

Die Straßen sind leer. Aus der Dämmerung schält sich das erste Licht, die Venus strahlt noch immer. Irgendwo grölen letzte Schnapsleichen.

In der Straße mit den hübschen, gepflegten Häuschen der Wehrmachtsoffiziere liegt alles voll Müll: Plastik, Pulverreste, Papier.

In den Tourismusprospekten sieht man diese Straßen im Sonnenschein, Fasane staksen darüber, von den Zierkirschen rieseln Blütenblätter.

Langeoog, das Naturparadies.

Um 10 Uhr zieren winzige Schäfchenwolken einen babyblauen Neujahrshimmel, wie reingewaschen vom Dreck des alten Jahres. Die erste Kehrmaschine rollt Richtung Strand.

Am Schönsten

Hinter dem Fenster zeigt sich schemenhaft ein Gesicht. Ein Hauch bewegt die Gardine, dann huscht ein Schatten durchs Zimmer. Anderswo sieht ein lesender Mensch auf von seinem Buch und späht in die Dunkelheit. Es ist kurz vor Sonnenaufgang.

Die Straßen mögen einsam sein auf der Insel im Januar und vielleicht auch die Menschen. Aber nichts passiert unbesehen, kaum etwas unkommentiert.

Es ist seltsam mit den Menschen, denke ich, als ich vorsichtig einen Fuß nach dem anderen auf das noch tauglatte Pflaster setze, die Blicke von drinnen spürend, obwohl meine Schritte nicht laut sind. Immer sind sie wachsam, alles wollen sie mitbekommen, stets auf der Suche nach Neuem, nach den großen und kleinen Skandälchen des Lebens, manche auch nur auf der Suche nach einer guten

Geschichte, die sie beim Tee erzählen können. Manche aus Neugier, manche zum Zeitvertreib, manche aus Klatschsucht. Einige mögen auch aus Vorsicht die Straße beobachten, aus Angst vor Einbrechern, Vandalen und Dieben. Und doch, denke ich weiter, sperren sie sich oft zugleich gegen das Neue, gegen den Wandel, gegen einen Richtungswechsel der Gedanken oder der tradierten Rollenmuster. Manchen, so scheint es, ist sogar ein tragisches Schicksal lieber als ein ungewisses; eine langweilige Gewohnheit lieber als ein spannendes Abenteuer. Und dennoch ist da dieses Dranbleibenwollen an der Welt, die ewige Suche nach der Nachricht des Tages. Wie geht das zusammen?

Der Hund scharrt in einem Vorgarten; Rindenmulch fliegt in hohem Bogen auf das Trottoir. Ich kehre den Mulch notdürftig mit dem Fuß zusammen und schiebe ihn zurück in die Rabatte. Hoffentlich hat uns keiner gesehen, murmele ich, und ziehe den Hund weiter zur Kreuzung. Hinter uns ragt der Turm von St. Nikolaus in den Himmel. Auch Gott sieht alles, natürlich.

Der graue Morgenhimmel erbläut. Unschuldig weiße Stratocumuli wachsen wie Stockrosenranken in den Äther, das Meer brandet sanft ans immer gleiche und doch niemals gleich aussehende Ufer.
Auch der Winter ging sanft um mit der Insel dieses Jahr; unvorstellbar, dass sich vor 39 Jahren während eines schweren Kälteeinbruchs hier der Schnee bis unter die Dachrinnen türmte. Die Insel war damals von der Welt abgeschnitten, und glücklich, wer etwas oder jemanden hatte, der wärmte.
„Die Entbindungsstationen waren voll neun Monate später" berichtet schmunzelnd eine Bekannte; auch ihr Sohn

ist ein Kind dieses Schneewinters.

Mich wärmt der Gedanke an langersehnten Besuch.
Noch sind die Knospen gerade einmal eine zarte Wöl-
bung unter der Rinde der Sträucher. Wenn er da ist,
denke ich, sieht man vielleicht schon etwas Grün.
Und wenn er doch nicht kommt?
Es lohnt sich doch immer, das Warten auf den Frühling,
versuche ich mich zu trösten: Das Beste hoffend, für das
Schlimmste wappnend. Liebt er nicht längst einen anderen, kaum halb so alt wie ich?

Es lohnt sich, wiederhole ich im Inneren mit Inbrunst,
auch wenn jeder Mensch wohl mit den Jahren lernt, dass
es zuweilen zynisch erscheint, das Erblühen und Erstrahlen
um einen herum, während man selbst welkt Jahr um Jahr.
Warum nur, hadere ich, ist man physisch zu einem Zeit-
punkt am Schönsten, an dem man es meist charakterlich
noch nicht ist und das Leben als solches auch nicht?
Im Dorf sehe ich mein Spiegelbild in den Scheiben der
geschlossenen Geschäfte und Restaurants; schemenhaft erkennt man die Stühle auf den Tischen, die Renovierungs-
utensilien neben ausgeräumten Regalen. Die Fassade kann
den Blick nicht von der Leere ablenken.
Ich sehe so alt aus, wie ich bin.

In der Ferne ertönt das Signal der Inselbahn.
Ja, auch dieser Zug fährt ab, resigniere ich. Ein Schwarm
Gänse stiebt lautstark aus den Feldern, zurzeit ruhen viele
am Bahnübergang, unweit des Andreaskreuzes. Der durch-
fahrende Zug scheucht sie auf; danach sammeln sie sich
erneut, bis der Aufbruch naht zu ihrer Reise.
Sie werden ihm vielleicht entgegen fliegen.

110

Das Meer klingt anders als Zuhause. In der Dunkelheit rauschen die Wogen gegen die Wellenbrecher, eingehüllt in dichten Nebel, der seit heute Morgen anhält. Alles wirkt gedämpft; auch am hellichten Tag sah man kaum 20 Meter weit. Über die Insel, die nicht Langeoog ist, legt sich eine nasskalte Glocke diesiger Einsamkeit. Im Nebeltunnel der Strandpromenade verschwindet ein Mann mit seinem Hund, der treue Gefährte furchtlos an seiner Seite.
Ich friere entsetzlich. Ohne Umweg gehe ich von dem kleinen, aber sehr berühmten und geschichtsträchtigen Restaurant, in dem ich zu Abend aß, direkt in den SPA meines Hotels. Um die Uhrzeit ist niemand da, vor dem ich mich bedecken müsste, und so breite ich mich komplett hüllenlos im Dampfbad aus, bis auch die kleinste Muskelfaser durchwärmt ist. Anschließen dusche ich warm, und ja: ich bin der Idiot, der die eisigen Duschen in der Sauna immer auf „heiß" stellt, worüber dann Saunapuristen fluchen. Ich indes meine: Die Sauna dient dem Aufwärmen; die Abkühlphase übersprang ich schon immer gern. Ich brauche Wärme.

Es ist der letzte Abend auf dieser anderen Insel, die so anders ist als meine Heimat, wenn auch auf ihre Weise ebenfalls sehr schön. Ich mag das Mondäne hier, das Angebot an Hochkultur, den teils in die Jahre gekommenen, aber immer noch sicht- und fühlbaren Seebadcharme, an dem sich schon Kaiser und Dichtergrößen erfreuten. Die Hinwendung zum Skandinavischen: Man begrüßt sich hier mit „Hej" statt „Moin".
Und auch die Strandpromenade mit den Wellenbrechern hat etwas für sich. Von meinem Hotel aus sieht man direkt

aufs Meer; auch das zeichnet diese Insel aus.

Beim Abendessen blickte ich ebenfalls direkt auf die See —
beziehungsweise auf die lackschwarze, nebelmattierte Dunkelheit, aus der das Meer zu mir hinaufklang in den kleinen, runden, warm beleuchteten Pavillon, in dem schon
Könige dinierten.
Das Essen war fantastisch, der Cremant ebenso, und doch
schmeckte ich es kaum: In dichten Nebel gehüllt liegen
zurzeit auch die Sinnesfreuden dieser Welt.

Ich blickte auf meine Nägel, die jetzt ganz glatt sind und
wie Glas aussehen. Das Kerzenlicht spiegelte sich darauf,
ich ließ sie morgens maniküren. Warum, das weiß ich
nicht; vermutlich wollte ich unterbewusst einfach eine
Stunde mit jemandem Händchen halten, und sei es nur
mit einer hübschen blonden Kosmetikerin aus Hannover.
Man verschließt ja gern die Augen vor dieser Art von Bedürftigkeit: Und das Herz sowieso.

Ich wünschte, ich hätte statt auf meine eigenen Hände auf
die des Lieblingsmenschen sehen können. Er hielte sie gefaltet beim stillen Zuhören, die schöne, silberne Uhr unter
den blütenweißen, eleganten Manschetten des Zivilanzugs
hervorblitzend oder unter den hellblauen der Marineuniform. Aber er saß mir nicht gegenüber.
Er schrieb, und mich freute, seinen Namen und sein liebes
Gesicht auf dem Mobiltelefon aufleuchten zu sehen, aber
dennoch dauerte mich, dass jedes Wort von ihm, jeder Gedanke, jeder mir geltende Schlag seines Herzens erst von
irgendeiner toten Maschinerie in Kolonnen von Nullen
und Einsen umgerechnet werden musste, die diese dann
auf das Display meines Telefons schaufelte. „Ich wünsch-

te, Du wärst hier": Auch dieser Wunsch meinerseits wurde erst gestapelt zu Einsen und Nullen, dann durch Datenleitungen gedroschen und schließlich vor seine Augen gekippt, die groß und braun sind und von langen, glänzenden Wimpern umgeben.

Im Hotelzimmer wartet der Hund. Aufgeregt tanzt er um mich herum, als ich nach SPA duftend heimkomme, die Augen voll der bedingungslosen, immer verzeihenden Liebe eines Tieres.
Es ist mein erster Urlaub mit dem Hund und es wird mein letzter.
Er muss zurück zu seinem Besitzer. Er wird mich bald vergessen haben, tröste ich mich, wenn dieser Mensch ihn fünf Jahre hatte und ich nur drei Monate. Er wird kurz leiden, vielleicht, und möglicherweise vermisst er mich. Aber sicher erkennt er auch sein altes Herrchen wieder, und Gott gebe, dass ihm der Abschied nicht schwer fällt und dieser Mensch sich fortan dauerhaft um ihn kümmert.
Gott hat kein Lebewesen für ein offizielles Dasein an meiner Seite bestimmt: Gar keines. So ist das eben. Ich muss es annehmen.

Ich denke an den Jahreswechsel. Im vorletzten Jahr betete ich an Silvester, dass meinen Eltern ein weiteres Jahr gegeben sei und mir meine Insel bliebe. Beides wurde erhört. Dieses Silvester betete ich, dass ich auch dieses Jahr kein (Halb-)waise werden und mir der Hund bleiben möge — und wenn nicht, dass Gott mir die Kraft gebe, alles andere zu ertragen. Nun heißt es also: Alles andere.
DEIN Wille geschehe.

Der Hund hat sich hingelegt und döst. Ich bin so dankbar

für die Gegenwart dieses Tieres, dass mir sein Anblick das Herz abschnürt.

Es sollte ein schöner Urlaub werden, nur wir beide. Der Hund genoß die zusätzliche Aufmerksamkeit in vollen Zügen. Ich ließ den kleinen Kameraden über die Wiesen jagen, und im Café, in das ich danach zum Aufwärmen ging, legte er die Pfoten und den Kopf auf meinen Schoß, wo er vertrauensvoll die Augen schloss. Fremde Leute lächelten berührt. „So ein schöner Hund", „ein richtiger Schmusehund", „so ein Lieber". Ja.

Gewesen.

Ich laufe ein letztes Mal zur Kirche, jetzt, da die Gewissheit da ist, dass unser gemeinsamer Weg zuende geht. Aus dem Pfarrheim stürmen lärmend die unzähligen Kinder des Ständigen Diakons. „Wauwau!" macht das Jüngste und stürmt händefuchtelnd auf den Hund zu, den ich soeben vor die Pforte band. Der Hund erschreckt sich. „Nicht", mahne ich das Kind kraftlos, „er bekommt Angst." Das Kind starrt mich eine Weile an, während ich den Hund beruhige und drehe schließlich wortlos ab. Es ist ja selten, dass jemand Angst vor einem Kleinkind hat, aber vor gewissen Wahrheiten kann man niemanden bewahren: Auch du kannst furchteinflößend sein. „Einer is den annern sein Deibel" hätten meine Großeltern gesagt, das gilt, q.e.d., sogar für die Nachkommen eines katholisch Geweihten.

Der Lärm der Straße dringt bis zum Allerheiligsten, vor dem ich Zwiesprache zu halten versuche. Die Kirchenglocke schlägt eine Minute zu spät zur vollen Stunde, ein Missklang schwingt mit im Geläut. Man sollte das richten lassen, denke ich. Auf der Bibel, die vor dem Tabernakel ausliegt, ist der Heilige Geist in Form einer Taube auf dunkelblauem Grund. Es ist ein schönes Motiv.

Ein Gebet bringe ich nicht zustande. Gott ist hier, vor mir in diesem Raum, aber ich sehe nur alles andere. „Verzeih mir", murmele ich, während ich mich von der Kniebank erhebe, um erneut der Dunkelheit entgegenzutreten, „es klappt so nicht."

Vor der Kirche wartet der Hund auf mich und sieht mich aus treuen Augen an. Kein Vorwurf darin, nur Liebe. Ich knie mich neben ihn, fühle seine Wärme, das Schlagen seines kleinen unschuldigen Hundeherzchens und trockte meine Finger in seinem Fell, die noch benetzt vom Weihwasser sind, mit dem ich mich bekreuzigte.

Er weiß nicht, dass es mein Abschied ist.

Türspalt

Vor dem Busfenster schält sich Landschaft aus dem Grau. Über dem Feld steht eine Möwe in der Luft, obwohl kaum Wind weht. Aus dem Fenster sieht ein Mensch ohne Hund. Bald zeigt sich ein kleiner Kanal zur Linken; auch das Wasser darin steht still, es ist brackig und trüb. Eine Ente rudert unbeeindruckt mit den Füßen darin, aber man sieht die Füße nicht, weil das Wasser so schlammig ist, man sieht nur die kleinen Wellen, die sie schlagen.

Der Windmühle von 1775, die der Bus als nächstes passiert, fehlen schon lange die Flügel. In der Ferne das erste Hochhaus, danach graue Industriegebiete, die sich wie Tentakeln in die hässliche Stadtperipherie haken. Nach dem Überqueren der Weser plötzlich eine andere Welt: Ein kurzes Aufgleißen hanseatischer Eleganz, die schicken Neubauten mit Eigentumswohnungen und Wasserblick im Stephaniviertel, die Masten der Alexander von Humboldt. Erinnerungen an leichte, unbeschwerte Abende an Bord, an Maienwärme und Bier mit meinem Vater.

Bremen Hauptbahnhof. Aber ich habe keine Zeit für einen Abstecher in die Altstadt mit ihren schönen Läden und ihrem Flair, ich muss weiter nach Osnabrück. Bis zum Zug sind es noch 20 Minuten, ich sollte etwas essen. Nutz die Gelegenheit, sage ich mir, der Bahnhof quillt über vor Delikatessen, die man auf Langeoog nicht bekommt. Sushi. Börek. Pelmeni. Vindaloo. Antipasti. Aber ich kann mich nicht entscheiden. Die Warenfülle erschlägt mich, alles schreit „Hier bin ich! Hier!", dazu all diese Menschen. Vor der Tür eine Kette Polizeibeamter, lautes Gejohle dahinter: Irgendein Fußballspiel. Bloß weg! Ich habe auf alles Appetit und zugleich auf nichts; ich kaufe ein trockenes Brötchen und schwarzen Kaffee, dann ziehe ich weiter zum Gleis. Ich würde kaputt gehen in einer Stadt, denke ich. Es ist mir nicht mehr erträglich.

Ich denke an den Hund und bin froh, dass ich ihn nicht hier durchzerren muss, durch das Gewühl, all die Gerüche und den Lärm. Ich ließ ihn bei einem Freund: Wir müssen lernen, ohne einander auszukommen. Unsere gemeinsamen Tage sind gezählt.

In all dem Lärm des Bahnhofs stehe ich da und denke an die Stille, die fast fühlbar war, als ich am Morgen der Reise erwachte und keine Pfoten ans Bett trippelten, keine Nase sich zwischen einen angelehnten Türspalt schob, kein Napf gefüllt werden musste. So wird es sein: Gewöhn dich dran. „Sie können das Haustier von der Rechnung streichen", erzähle ich dem Hotelangestellten am Telefon, „ich bringe den Hund doch nicht mit". Unbekümmert sollte das klingen. Aber es ist ein Ende.

In Osnabrück naht ein Anfang: Ich muss zum Bischof, meine Firmung ist bald. Seine Exzellenz wird die Einwilligung geben und einen Festgottesdienst zelebrieren. Es ist eine Ehre. Und es sollte ein Freudenfest sein.

Im Hotel angekommen, suche ich im Zimmer nach einem guten Platz für den Hund, bis mir einfällt, dass er nicht da ist.

Das Haus ist fürchterlich in die Jahre gekommen. Durchs Fenster fällt der Blick auf den Dom mit seinem wunderschönen Kreuzgang und das Dach des Priesterseminars: Ebenfalls ein hübscher, altehrwürdiger Bau mit hohen Decken und langen, hellen Gängen. Gepflegte Grünpflanzen stehen vor weißen Fensterkreuzen. Hier hätte ich eigentlich wohnen sollen. Aber dort hätte ich den Hund nicht mitnehmen können, und so stehe ich nun im Ausweichquartier zwischen abgewetzten Holzvertäfelungen und ockerfarbenem Rauputz und bin trotzdem ohne das Tier.

„Die Weisung des Herrn ist vollkommen" erinnere ich mich an ein Bibelwort, und mit dem Blick auf den Dom kann ich ja gar nicht anders, als daran zu glauben.

Mit dem Näherrücken der Feier steigt die Aufregung. Ich habe noch nie einen echten Bischof gesehen. Alle anderen Firmlinge sind mit Familie da, aber ich stehe allein an einem Tisch und warte auf Seine Exzellenz, weshalb ein älterer Herr sich mit mir vergesellschaftet und zu ausführlichen autobiografischen Erzählungen ansetzt. Derweil mischt sich der Bischof unters Volk, ich sehe, wie er den Raum betritt, sofort umringt von Menschen. Die Nervosität steigt mit jedem Tisch, an dem er die neuen Schäfchen seiner Kirche einzeln begrüßt; ich kann dem redseligen Senior neben mir kaum noch folgen. Schließlich steht der hochrangige Geistliche auch an meinem Tisch und begrüßt mich mit festem, forschenden Blick und langem Händedruck. Seine Augen sind dunkelbraun und von nicht einzuordnendem Ausdruck. Er hat morgen eine Rückenoperation vor sich und vermutlich Schmerzen. Aber er lässt sich davon nichts anmerken.

„So", sagt der Bischof. „Sie kommen also von einer Insel, Langeoog." „Ja, Exzellenz." „Was machen Sie denn da?" Ich nenne meinen Beruf ohne jede Ausschmückung und mustere derweil die Soutane mit den magentafarbenen Paspeln und Knöpfen, den Römischen Kragen, das Bischofskreuz, den Ring und frage mich, wie dieses kleine Käppchen wohl hält, das er auf dem Kopf trägt und das offiziell Pileolus heißt. Während der Bischof noch etwas sagt, suche ich in seinem Haar nach einer Nadel oder irgendeiner anderen Form der Befestigung: Klassische Übersprungshandlung. Reiß dich zusammen!, schimpfe ich mit mir selbst, jetzt hast du einmal im Leben die Chance, mit einem echten Bischof zu reden und du suchst allen Ernstes nach einer Nadel in seinen Haaren und begutachtest seine Knöpfe? Aber es nützt nichts, ich bin zu nervös. Ich antworte wie ein Automat. Irgendwann gleitet das Gespräch auf eine hinzugetretene Braut Christi über. An die Verabschiedung vom Bischof erinnere ich mich nicht.
Aber dann heißt es auch schon Aufstellen zum Einzug.

Die Domkantorin singt schön wie ein Engel. Vor uns wabert Weihrauch, ich hefte den Blick auf das prachtvolle Goldkreuz, das man durch den Mittelgang vor uns herträgt. Es ist sehr würdevoll und wunderschön.

Festlich können Katholiken, werde ich später denken, als ich die Messe nicht mehr wie einen von Nervositätsdunst vernebelten Film wahrnehme, und ich bin froh, bald dazuzugehören. Durch diesen großartigen Dom schreiten und dabei denken zu können: Das ist auch meine Kirche. Ich bin hier nicht bloß zu Besuch.

Irgendwann geht es zum Altar. „Bloß nicht fallen", denke ich, als ich die unzählig erscheinenden Stufen erklimme, Jahrhunderte unter den Füßen.
Unsere kleine Inselkirche hat eine einzige Stufe zum Altar. Das Lied, welches wir oben im von Ministranten diskret zurechtdirigierten Halbrund singen, kenne ich zum Glück: *Magnificat*. Ich sang es als Teenager in Taizé. Den Blick in die Gemeinde vermeide ich.

Wir bekennen unseren Willen; die Empfehlungsschreiben unserer Heimatgemeinden liegen gerollt und mit Bändchen verschnürt in Körben auf der Altarplatte. Der Bischof schreitet das Halbrund ab, nimmt unsere Hände, sagt etwas und segnet. Ich putze die schweißfeuchten Hände noch schnell an meiner Hose ab. Die seiner Exzellenz sind trocken; er ist ja auch nicht nervös, erkennt aber vermutlich die Nervosität seiner Firmanwärter. „So" sagt er dann auch mit der Betonung von „Jetzt haben Sie's geschafft!", als er vor mir steht, und ich erwidere seinen Blick, so standhaft wie möglich. Dann folgt der rituelle Spruch, der Segen, das Kreuz auf meine Stirn: So.
Wieder ist ein Wegstück gegangen; es geht heimwärts.
Vom Kreuzgang aus sieht man die Gräber im Innenhof und ich werde mir meiner Endlichkeit bewusst, die heute jedoch wieder etwas näher an die Unendlichkeit gerückt wurde und an das Ewige Leben. Nun werde ich nicht mehr

als Heide sterben, denke ich, sondern als Katholik wie ihr. Es ist ein schönes Gefühl.

Irgendwann stehe ich auf der Straße vorm Dom. Sterne leuchten. Das Bild, dass der Bischof jedem von uns schenkte, halte ich im Arm. Es zeigt einen Türgriff des Doms, die Tür ist angelehnt: Sie hat sich für uns geöffnet.

Der Hund fehlt mir. Ich würde ihm das Bild gern zeigen. „Du wirst ihn nie aus den Augen verlieren", schreibt mir der Besitzer, an den ich ihn bald zurückgeben muss, „du kannst ihn sehen, so oft du willst." Ich glaube es ihm. Aber dennoch ist diese eine, diese besondere Tür, hinter der er mein Hund war, für uns nun geschlossen: Er ist nicht mein Hund. Er wird es nicht werden.

Beim Streifen durch die Altstadt quält mich erneut das Ausmaß der Wahlfreiheit. Man könnte überall und alles essen, überall bummeln und verweilen, man muss ja nicht einmal fragen, ob Hunde dort erwünscht sind.
Ich gehe in ein Café am Kirchplatz, das wie alle Cafés an Kirchplätzen aussieht und esse den Kuchen, den ich auch auf Langeoog immer esse.

Distanz

Distanz misst man in Kilometern, sagt man. Zur Überbrückung nimmt man ein Auto, einen Zug, ein Flugzeug, ein Schiff, von mir aus auch ein Raumfahrzeug. Jedenfalls: Irgendwann ist man da. Und dann ist die Ferne plötzlich nur noch das, in was man gemeinsam sieht, worin man Pläne macht, auf gemeinsamem Grund stehend, am Strand, auf einem Berg. Die Zukunft im Blick oder zumindest ein Ziel, das Erleben eines Augenblicks, das Gefühl eines Momentes; Irgendetwas, das man teilt, ohne dass man es zuvor zerlegen, sezieren und in Worte rahmen muss, bevor man es auf eine kilometerlange Reise schickt. Man ersehnt den Tag, an dem die geografische Distanz verschwindet, in der man all diese Datenleitungen für ein paar Tage kappen und neu aneinander anknüpfen kann.

Make ends meet heißt es im Englischen. Aber was, wenn man die Enden nicht wiederfindet, die Anknüpfungspunkte? Man mag es erneut versuchen, anders. Vielleicht geht es dann trotzdem weiter, vielleicht sogar besser. Fester. Vielleicht ist man, um bei diesem Bild zu bleiben, aber auch falsch verbunden. War es vielleicht die ganze Zeit.
The person you are calling ist temporarily not available. Kein Anschluss unter dieser Nummer.
Und schlimmstenfalls war das Kappen der geografischen Distanz das Kappen des Taus, das zwei Boote im Sog der Meeresströmung aneinanderhielt. Man glaubte, sie schwömmen gemeinsam, ein Verbund, stark und sicher. Nun steckt aber schon im Wort „Überwassereinheit" nur die Zahl Eins. Eine wie auch immer geartete Verbundenheit nicht automatisch eine Zweiheit daraus.

Direkte Kommunikation ist ein Ideal; der Mensch gilt nunmal als soziales Wesen. Und wo könnten Worte besser wirken als in Tateinheit mit Blicken, Körpersprache, Gesten: Da, wo man sie unmittelbar dem Gegenüber in Herz und Hände legt, ohne sie in Schriftform zu pressen oder auch nur durch ein Telefonkabel jagen zu müssen?
Aber kann es, andererseits, nicht auch sein, dass auf Papier oder Display platzierte Worte präziser Informationen

übertragen, gerade weil sie all diese Hürden nehmen müssen, die vis-a-vis dabei wegfallen? Rutschen beim lebendigen Gegenüberstehen und -sitzen denn die Worte nicht allzu oft ab an der Weichheit eines Körpers, bleiben hängen an einem Blick, fallen zu Boden mit einer unbedarften Geste, tauen und verlieren sich in der Wärme, verheddern sich irgendwo, an einem stoffbezogenen Knopf, den Fransen eines Schals, wiegen sich allzu geborgen in den weichen Schwüngen glänzender Wimpern?

In der Spüle stehen zwei leere Bierflaschen. Davor steht der Mensch und blickt etwas ratlos auf dieses unschuldige Ensemble: Stumme Zeugen viel zu schnell verronnener Zeit. Das Jetzt, das man so lange ersehnte, ist längst wieder Vergangenheit. Der andere ist seine Gegenwart.
Wäre die Leere in uns doch einmal so messbar wie in diesem Behältnis, denke ich. Gedankenverloren streiche ich über den Flaschenrand, den seine Lippen berührten. Das Herz sucht am Grunde nach Irgendetwas.

Die Nacht wird noch einmal kalt, aber allenthalben reden sie schon vom Frühling.
Auf der Nordsee treiben Eisschollen. Erstarrter Meeresschaum türmt sich zu abstrakten Gebilden. Es ist der stärkste Frost, den ich bislang auf der Insel erlebte. Beeindruckend und in seiner Lebensfeindlichkeit abschreckend zugleich. Die Sonenuntergänge sind klar, farbenprächtig und schön — für den, der sie sich anschauen kann, einen Hund oder menschlichen Gefährten an der Seite; die Glücklicheren haben beides. Kein Versenden eines Fotos tut Not, keine Notiz daran: Schau mal, wie schön. Man steht einfach gemeinsam, schaut, und es ist schön.
Der Hund schnüffelt derweil an einer im Frost verendeten

Bekassine. Gestorben an Erschöpfung, allein.
Die Reise war wohl zu weit.

Licht

Nebelfeuchte Luft liegt über den leeren Straßen. Endlich ist es mild geworden, das Thermometer zeigt knapp über 10 Grad.

Zuhause ist es dunkel und sehr still. Ich schalte ein Licht an. Meine Wohnung liegt da wie ein Museum. Alles schaut mich an; hell, sauber und ordentlich. Mir fehlt das Leben darin.

Ich nehme das Kissen an mich, an dem er lehnte. An meinem Tisch, in meinem Leben. Der Stuhl steht, wie er ihn verließ.

Das Kissen riecht noch ein wenig nach ihm. Ich widerstehe dem Drang, es noch fester in die Arme zu schließen, mit in mein Bett zu nehmen, für eine letzte Illusion seiner Anwesenheit, für den verblutenden Traum eines langen, friedlichen Schlafs in seinen Armen. Ungestillte Sehnsucht, nahender Abschied. Die Stille ist laut.

Das Horn der Spätfähre erschreckt mich. Morgen wird es ihn fortnehmen und ein „Nie wieder" bringen. Ein einsamer Klagelaut, der bis in meine Wohnung dringt; bis in die zugige Bahnhofshalle meines Herzens. Auf deren verwaisten Gleisen der Inselbahn ein letztes Nachvibrieren seiner Anwesenheit. Geliebter Freund: Leb wohl.

Zugleich wird der morgige Tag ein Tag des Neubeginns. Meine Firmung findet statt. Ich putzte mein Herz so rein wie möglich dafür; so sauber, wie man ein abgewohntes, trauriges Möbel eben kriegt. Der Sonntag Laetare. „Freut Euch!" heißt das. Es ist ein so viel schönerer Imperativ als das Lebewohl, das folgen wird wie, nunja: Das Amen in der Kirche.

Der Priester wird mir die Hand auflegen und Heiliges Öl auftragen. Ich werde das Haupt senken und den bußfarbenen Leinenstoff seines Obergewandes sehen, den weißen Lochstickereisaum der Albe, seine Schuhspitzen. Letztlich: Den Boden und Staub, zu dem wir alle wieder werden. Ich dann immerhin als Katholik — durch seine geweihten Hände und SEINE Gnade.

Ich werde weiters dem Satan und allen Versuchungen abschwören und einen Satz sagen, den ich mit nervöser Hand auf eine Postkarte schrieb, damit ich ihn nicht vergesse. Die Karte kaufte ich im Osnabrücker Domforum, sie zeigt eine schlichte, schöne Statue der Gottesmutter.

„Ich glaube und bekenne alles, was die heilige, katholische Kirche als Offenbarung Gottes glaubt, lehrt und verkündet."
— So sei es.

Gott ist für mich, ich fürchte mich nicht.
Das ist mein selbstgewählter Firmspruch, Psalm 118,6. Er nährt das Herz, wärmt und stärkt. Die Welt mag gegen mich sein, meine persönliche kleine Welt auseinanderfallen, aber: Gott ist für mich. Gott ist nicht gegen mich. Ich fürchte mich nicht.

Ich habe lange auf diesen Tag hingearbeitet, länger noch auf dieses neue Vertrauen in die Kirche. Ich habe Gott gründlich zugehört: DEIN Wille geschehe. Wie in der Freud, so auch im Leid. Noch immer ist Buß- und Fastenzeit, und ich glaube inzwischen fest daran, dass Enthaltsamkeit und Mäßigung mehr ist als ein Opfer; als etwas, womit man sich quält. Lange ließ ich das Übermaß in Allem walten. Wenn Gott mich nun das Sparen und Aufsparen lehrt sowie das Entsagen auch großer Sehnsucht, so nehme ich das an. Leicht ist es freilich nicht.

Ich vermisse meinen lieben tierischen Gefährten und meinen Lieblingsmenschen auf diesem Stück des Weges. Aber so hat Gott uns wohl nur bis zu einem bestimmten Punkt füreinander bestimmt. Oft erkennt man, so erzählte mir der Lieblingsmensch dereinst, das Gute in schmerzhaften Dingen, den Plan Gottes, erst lange nach einem Ereignis. Aber, so sei er sicher, es hätte alles seinen Sinn, so unnötig und bitter einem etwas zunächst auch erscheinen möge. Ich halte die beiden Freunde in meinem Herzen und in Erinnerung. Den Abschied will ich vergessen.

In einem Winkel meiner angegrauten Seele legt plötzlich Hoffnung einen süß duftenden Blütenteppich übers karge Land. Ein zärtlich flüsterndes „Vielleicht. Doch noch einmal. Irgendwann." — Hatte er sich bei einem anderen Freund nicht auch wieder gemeldet, nach einem halben Jahr Funkstille, erneut die Nähe suchend?
Doch manchmal wird aus einem „Für immer", das man ersehnte und an dessen Lichtschein man sich wärmte, eben wirklich ein Abschied für immer.

Ich denke über die Begriffe „Hoffnung" und „Liebe" nach, in weltlicher Hinsicht. Wie kann es sein, frage ich mich, dass so etwas Wunderschönes, je nach Kontext und vorgefügtem Adjektiv, zu so etwas Traurigem werden kann?
Vergebliche Hoffnung. Verbotene Liebe.
Was kann man dagegen setzen? Glauben natürlich; laut Bibel der Dritte im Bunde dieser Begriffe. Aber auch

wieder Hoffnung: Hoffnung auf ein neues Licht am Horizont. Und sogar Liebe: Das Gehenlassen im Guten, das Bewahren von Haltung selbst in unwürdigen Situationen, das unerschütterliche Entgegenbringen von Respekt und Achtung selbst im Streit. Das Nichtverlangen und nicht grollen. Das Beiseiteschieben von Eitelkeit und Zorn. Es fällt nicht immer leicht. Aber auch das zu schaffen, sage ich mir, ist Liebe.

Es ist spät geworden. Der Anzug, den ich tragen werde, ist schwarz. Eine Farbe der Demut, der Trauer, des Abschieds. Es ist ein Freudentag, rufe ich mir die Vorabendpredigt des Priesters in Erinnerung: „Laetare!".

Das Herz will sich freuen, sich erfüllen lassen von den schönen Gesangsstimmen der Pastoralreferentin und des Paters. Die Hoffnung verstummt. Durch die Melodien, den Weihrauch und das Kerzenlicht dringt dumpf und mahnend das Horn der Fähre. Das schrille Pfeifen der Inselbahn durchschneidet den Nebel.

Fest

Kurz erschrecke ich, als sich im Halbdunkel der Kirche das schwarz verhüllte Kruzifix abzeichnet. Es sieht aus wie eine überdimensionierte Fledermaus an der Wand, mit gewaltigem Schattenwurf bis hin zum Boden, lediglich illuminiert vom flackernden Licht der Opferkerzen. Aber es muss einen nicht ängstigen, denke ich, es ist ja nur der Herrgott drunter. Nächsten Freitag stirbt er, am Sonntag steht er wieder auf.

Jetzt ist Leidenszeit. Aber Erlösung naht.

Eigentlich sollte es jetzt hell sein in der Kirche, sie sollte belebt sein und Menschen darin singen, trotz oder gerade wegen des verhüllten Christus. ER lässt uns im Leid nicht allein. Und wir machen das auch nicht.

Es ist noch ungewohnt, dass es in meinem Leben jetzt dieses neue Wir gibt, diese Kirche, die jetzt auch meine Kirche ist.

Der Leib Christi der Erstkommunion klebte an meinem vor Aufregung trockenen Gaumen fest und ich fürchtete um mein Seelenheil, wenn ich ihn nicht schlucken könnte. War das ein böses Omen oder schlichte Physik? Rettung nahte in Form von Christi Blut.

Du kannst den Kelch ruhig austrinken", sagte mir der Priester vorab, „das wäre mir sogar sehr Recht. Aber halt ihn bloß mit beiden Händen fest, ich werde ihn auch wirklich loslassen, nur nimm ihn mir wirklich ab, ansonsten passiert das, was niemand von uns möchte!"

Dieser Worte eingedenk (und einen zu Boden fallenden Kelch vor Augen, verschütteten Wein inklusive), trank ich das Blut des HERRN in zwei großen Schlucken, bis nur noch das rituell hineingebrockte Stück Hostie in einer winzigen Pfütze schwamm. Zu meiner Erleichterung brachte das Blut nun auch den festgeklebten Leib im Rachen zum Erweichen, glitt die Kehle hinab, und dann geschah es:

Ich war katholisch.

Amen.

Minuten später stieg mir die Wärme des mit Wasser verdünnten Messweins in die Wangen, und noch später sollte mir jemand im Pfarrhaus sagen, ich hätte ja einen ganz schönen Zug drauf gehabt beim Abendmahl (das jetzt Kommunion heißt, ich muss mich noch umgewöhnen).

„Aber der Pfarrer hat gesagt, dass ich austrinken soll", verteidigte ich mich, „und dann hab ich das gemacht." Ging so nicht Folgsamkeit?

Die Person, welche die Anmerkung gemacht hatte, schien damit jedenfalls besänftigt — und ich um Haaresbreite dem Alkoholismusverdacht entronnen.

Es war ein würdiges Fest, trotz allem, aber schon bald waren alle Utensilien weggeräumt: Das Fläschchen mit dem Chrisam, die heiligen Bücher, der Kelch; das purpurfarbene Gewand, die Albe, und mit dem nächsten Schiff war auch der Priester fort, der nicht zur Feier geblieben war.

„Willkommen Zuhause" hatte er noch gesagt, und dann stand ich allein in meiner neuen Heimat, nicht mehr fremdelnd, aber noch von welpenhafter Tapsigkeit; geborgen und zugleich wohlwissend, dass mit einem neuen Zuhause auch die Verpflichtung einherging, dieses in Ordnung zu halten.

Heute aber ist, wie erwähnt, das Zuhause wider Erwarten dunkel und kein Leben darin. Das Schiff mit dem neuen Pfarrer schaffte es nicht rechtzeitig auf die Insel zur Messe, scharfer Ostwind trieb das Wasser aus der Deutschen Bucht; die Fähre kam nicht voran.

Die Orgel ertönt und ich bemerke, dass ich doch nicht allein in der Kirche bin. Die Organistin probt für den Sonntag, ich sah sie beim Hereinkommen nicht gleich. Ich lasse mich fallen in den schönen Klang und entzünde ein Licht: Für meine Eltern und den, für den ich immer eines entzündete in letzter Zeit, auch wenn ich nicht weiß, ob er das noch will. Ich wünschte, ich käme in seinen Gebeten noch vor.

„Gott ist größer, als alles, was wir uns vorstellen können", wurde zur Firmung gepredigt, und so vertraue ich darauf, dass ER schon mit dem Lichtlein etwas anzufangen weiß; mit meinem Lichtlein und mit all den anderen, die im Laufe dieses Tages von Menschen mit Freude, Leid, Zweifeln, Sorgen, Dankbarkeit hier hingestellt wurden. Es ist gut, dass es dieses Ritual gibt, denke ich: Ein warmes schimmerndes Zeichen einer Gemeinschaft, die existiert, auch wenn man sich nicht einmal — oder nicht mehr — begegnet.

Auf dem Rückweg heult der Wind in schweren Böen durch die Straßen, wirbelt den Staub der Baustellen auf, lässt die Fahnenmasten kreischen, irgendwo schlägt ein schlecht festgezurrter Gegenstand enervierend kakophon gegen eine Brüstung. Es ist bitterkalt. Vor den Supermärkten steht erstes Strandspielzeug, drinnen warten Kübel mit Tulpen, Schütten mit Ostersüßigkeiten. Ein bisschen surreal, denke ich, und doch: Alles rüstet sich für die Saison. Indes ist noch einmal strenger Frost hervorgesagt.

Meine auch dieses Jahr allzu voreilig erworbenen Balkonpflanzen fristen ein Kellerkinddasein im Warten auf bessere Tage. Ich gieße sie bei elektrischem Licht. Bald, sage ich, kommt ihr raus. Dann wird es wieder hell und warm. Aber bitte, denke ich, während ich Pflanzen und Hoffnung füttere: Bitte sterbt mir hier unten nicht.

Traumlos

Oft werde ich gefragt, wie man es eigentlich schafft, keinen Inselkoller zu bekommen. Ich sage dann immer, dass für mich das Geheimnis darin liegt, die Insel auch nach Jahren noch so zu betrachten, als sähe man sie zum ersten Mal. Man müsse sich bei der Rückfahrt vom Festland mit der

Inselbahn vorstellen, man käme für einen ersten Urlaub her und den Strand auf eine Weise neu entdecken, als habe man ihn nicht jeden Tag vor der Tür.

Meistens funktioniert das. Dann lässt man sich den Fahrtwind der bunten Bahn um die Nase wehen, freut sich über die Kiebitze in den Weiden und die Fasane; staunt über die noch eisverkrusteten Halme längs der kleinen Entwässerungsgräben, die darin gründelnden Enten, die Spuren der letzten Ausbaggerung, die ständigen neuen Baustellen: Den unermüdlichen Kampf der Menschen, sich eine Erde Untertan zu machen, die sich nicht immer kampflos ergibt. Aber manchmal ist es nicht leicht. Die Bahn ist laut, überfüllt und stinkt. Schräg gegenüber isst eine Reisegruppe Salamis. In der Bank davor kaut ein Kind süßes Lakritzkonfekt mit offenem Mund. Die beiden Gerüche vermengen sich zu einer Würgreiz erregenden Kombination; ich halte mir den Schal vor den Mund und hoffe, dass die Fahrt einfach nur schnell vorbei ist. „Jetzt ist aber bald mal Schluss damit" sagt eine müde Mutter zu dem Lakritz kauenden Kind, aber das klammert die Tüte an sich und schüttelt den Kopf mit einem stieren Blick, trotzig und auf Gänsehaut erzeugende Weise böse. „Na gut, dann nimm dir raus, was du noch magst, und pack den Rest weg", sagt die Mutter. Das Kind schaufelt sich zwei Hände voll zurecht und wirft den Rest auf den Boden.
Entzückend, denke ich. Und schlimmstenfalls erlebt diese Mutter sowas jeden Tag.

Der Strand ist bevölkert. Nach einer langen Periode extremer Kälte ist heute der erste strahlende Tag, und der Frühling drängt sich mit aller Kraft aus den noch winterkahlen

Trieben. Die Knospen an Bäumen und Zweigen stehen kurz vor dem Aufbrechen; die Narzissen am Straßenrand sind in den letzten Tagen so hoch geschossen, das man ihnen fast dabei zusehen konnte.

Auch mein Balkon biegt sich bereits unter den frischen, zarten Farben des Frühlings: Blumen sind für mich Grundnahrungsmittel. ich könnte nicht ohne.

Fünf Tage war ich nun nicht am Meer, obwohl ich auf der Insel war; aber zuweilen lässt es das Arbeitspensum nicht zu, der Kreislauf, die Seele. Und nun, wo auch der Hund endgültig fort ist, gibt es für mich ohnehin keinen verpflichtenden Grund mehr, um täglich rauszugehen.

Indes: Die Veränderungen in diesen fünf Tagen waren beachtlich.

Dort, wo ich die recht neue Aussichtsplattform erwartete, sind nur noch breite Treckerspuren. Die Plattform ist weg; die Holzbohlen ebenso wie die Bänke. Sie mussten einem Planierfahrzeug weichen, das die hohe Abbruchkante glättete, irgendwer wird sie dort bald wieder hinbauen. Aber doch erschrickt man erst einmal vor dieser brachial geschaffenen Leere.

Am Horizont kreuzt eine Fregatte, und man wünscht sich, man könnte die Zeit zurückspulen zu einem Tag, an dem der schöne Marinesoldat die Inseln nur von Bord aus sah; an dem er seine Spuren noch nicht in den Sand meines Lebens gesetzt hatte.

Alle Träume wären noch da: Von Freundschaft, Vertrauen und Bestand.

Ich betrachte die Fußspuren am Strand. Seine sind längst verweht. Auch die des Hundes. Die beiden Lebewesen, die ich in den vergangenen Monaten am meisten liebte, mit denen ich am meisten teilte: Nichts von uns bleibt.

Erinnerungen — freilich. Ein paar Sachen: Das Bettzeug des Hundes, das nun im Keller ist und dort ein nutzloses Dasein fristet. Das Bettzeug des Mannes, das man bis heute nicht wusch und das nun auch im Keller ist, bis es ganz sicher nicht mehr nach ihm riecht, sondern nur noch nach Staub und Vergessen.

Und was soll man mit einem Sack voll Erinnerung, der nichts als schmerzt, egal, ob die Erinnerungen gut oder schlecht sind? Die schönen: Ein sehnsuchtsvolles Nagen am Herzen. Die schlechten: Ein dumpfer, lähmender Schlag, der einen wieder und wieder auf Grund sinken lässt; die eindringende, kalte Flut ein Meer der Verständnis- und Verständigungslosigkeit: Alle Funkkanäle sind gekappt. Und es gibt kein Gefühl in der Sache, das nicht auf irgendeine Weise verboten wäre. Also bemüht man sich, gar nichts zu fühlen, solange man wach ist und noch die Kontrolle darüber hat. Aber sobald die Gefühle schweigen, meldet sich die Vernunft mit ihren Fragen, Bilanzen, Plänen. Und sobald man schläft, schlägt das Unterbewusstsein zu mit allem, was man tagsüber verdrängt.

Es ist ein immerwährendes Rasen, und nur das gleichförmige Rauschen des Meeres schafft es ein paar Herzschläge lang, Ruhe ins aufgescheuchte Innere zu bringen.

Es ist gut, dass das Meer da ist, auch wenn es ihn wieder fortbrachte; auch wenn es einen Seemann wohl nie wirklich freigibt. Die Fregatte verschwindet allmählich im Dunst. „Wir lagen oft vor den Ostfriesischen Inseln" hatte mir der geliebte Mensch noch erzählt, als wir am Strand liefen, den Blick gen Horizont gerichtet, während alle Gemeinsamkeit ins Meer blutete. Er hatte bereits gepackt. Der schöne, blaue Marinepullover lag im Seesack, die Uniform mit den goldenen Abzeichen, das Leben, in dem ich keine Rolle mehr spielte. Das Nordseewasser umspülte unser Schweigen. Die Liebe war tot.

Krähen

Das Geschrei der Krähen in den Ästen ist ohrenbetäubend. Die alten Baumkronen sind schwer beladen mit ihren Nestern, an denen, Zweiglein im Schnabel, unermüdlich geflickt wird. Der Widerhall ihres Gekrächzes kleidet das Gewölbe zur Vorburg aus und dringt bis ins Innere der dicken, weißgetünchten Burgmauern.

Hinter diesen beinahe 1000 Jahre alten Mauern stehe ich an einem winzigen Fenster und schiebe die Spitzengardine beiseite; vom Alter patiniert wie die Burg als solche. Die Kammer, in der ich für einige Tage lebe, ist mit den gleichen Möbeln ausgestattet wie sie mein Jugendzimmer aufwies. Das erweckt eine gewisse Nostalgie: Zugleich ist er eigenartig, dieser Stillstand von Jahrzehnten, Jahrhunderten, gar einem Jahrtausend auf so wenig Raum.

Vor dem Fenster fließt ruhig das Wasser im Burggraben. Das Schnattern von Enten mischt sich in das Gezänk der Krähen.

Aber zanken sie überhaupt? Wer weiß, worüber die sich unterhalten, denke ich. Den ganzen Tag geht das so: Kräh, kräh, kräh. Selbst in der Nacht höre ich es vereinzelt noch. Dennoch, das muss ich eingestehen, stresst mich die Dauerberieselung mit dem Geschwätz der Rabenvögel nicht halb so viel wie der Lärm der Welt, vor dem ich hierhin floh.

Die Krähen, denke ich, bewerfen sich in ihrer Kommunikation immerhin nicht mit Dreck. Ihr Geschrei, was auch immer dessen Inhalt sei, beinhaltet eines jedenfalls mit Sicherheit nicht: Neid, Missgunst, Spott, Häme, Verachtung. Da eine Krähe bereits sprichwörtlich der anderen kein Auge aushackt, wird in keinen Laut vorsätzlich Gift gestreut sein; kein Krächzen wird, und sei es auch zuweilen aggressiv, bewusst als verletzende Spitze eingesetzt, es ist, wenn überhaupt, dann ein direkter Angriff — aber niemals feige, hinterhältig und berechnend. Kein langsam wirkendes Toxin ist darin, kein Kuss eines Verräters, kein kalt lächelnder, schleichender Liebesentzug.

Es wird, so vermute ich, durchaus Besitzanspruch geklärt. Revier verteidigt. Territorium abgesteckt. Das ja. Aber auf eine erholsam durchschaubare, profane, im besten Sinne „bestialische" Art. Von der Bestie Mensch würde man sich das auch öfter wünschen, resigniere ich, aber da tarnt sich die Aggression doch zu oft hinter falschem Lachen, hinter einem dünnen Mantel an Zivilisation, der weder wirklich zu wärmen noch zu bedecken vermag. Unter beschwichtigenden Beruhigungen folgt das strategisch geplante Wühlen in Wunden, deren Lage und Tiefe zuvor mit vermeintlich freundschaftlichem Gestus ausgekundschaftet wurde. Man sagt sich: Es ist nicht so schlimm. Es tut bald nicht mehr weh. Es hat auch etwas Gutes.
Doch der nagende Schmerz all der kleinen Demütigungen, die einzeln betrachtet nichtig und in summa vernichtend sind, lässt sich nicht für immer ausblenden. Man wird so müde irgendwann. Zu müde zum Weinen. Zu müde für Wut. Es bleibt nichts bis auf ein in seiner Monotonie narkotisierendes Grundrauschen von Traurigkeit: Einschläfernd, ohne Schlaf zu bringen, lähmend.
Es ist ein stilles, sinn- und schmutzloses Verbluten.

Homo homine lupus.

Aber selbst das absichtsloseste Menschengeplauder, fern jeder bösartigen Intention, das Sprechen um des Sprechens willen, weil niemand mehr Stille aushält — auch daran kann man erkranken, denn irgendwann ist es einfach zu viel, zu schnell, zu laut, zu überall.

Man sehnt sich nach Stille, Inhalt, nach Wahrheit, nach Substanz. Und muss sich doch erst durch den Lärm der eigenen Seele, durch die eigenen Fassaden, durch Schutzwälle, vernarbtes Gewebe, Trümmerreste von Träumen, Sickergruben der Desillusionierung und eine gewaltige Leere wühlen, um auch nur ansatzweise zu finden, was man ersehnt.

Auf der Insel ist die Saison angebrochen, die Karwoche steht kurz bevor. Am Anleger wimmelte es bereits vor Menschen bei meinem Aufbruch. Hier hingegen, in meinem Refugium, wo ich die *terra incognita* der Seele im absoluten Nichts des ostfriesischen Niemandslandes zu ergründen suche, liegt die Quote Corvus vs. Homo sapiens bei gefühlten 200:1.

Die abendlichen Lichter in den kleinen, geduckten Friesenhäuschen lassen auf Einwohner schließen, indes: man sieht sie nicht. Auch die Wirtin der Gaststube, in die ich einkehre, huscht wie ein freundliches kleines Gespenst nahezu unsichtbar durch den Raum, zart und blass.

Der einzige andere Gast des Wirtshauses, in dem ich Tee trinke und eine analoge, beruhigend heimelig raschelnde Zeitung lese, entpuppt sich als neu hinzugezogene Pastorin.

Es gibt weit und breit keine katholische Kirche in dieser

Ortschaft und auch nicht in den angrenzenden Dörfern, also gehe ich am Palmsonntag zu den Lutheranern und höre mir an, was diese Theologin über Gott zu sagen hat.

Das Haus Gottes steht auf einer Warft und ist so alt wie die Burg; es ist benannt nach einem katholischen Heiligen, aber bereits seit der Reformation evangelisch. Aus dem schiefen, gemauerten Glockenturm schwingt eine gewaltige Bronzeglocke, die bereits seit Jahrhunderten Christen zum Gebet ruft, in Zeiten von Pest, Hunger, Krieg wie auch in Zeiten des Überflusses und prosperierenden Handels.

Die 200 Jahre alte Buche vor der Kirche hat ebenfalls beide Weltkriege überlebt und ist einer der schönsten Bäume, die ich je sah. Zwischen ihrem flechtenüberwachsenen Wurzelwerk verwittern Kreuze und Grabsteine längst profanierter Grabstätten. Schneeglöckchen schmiegen sich zwischen die gewaltigen Lebensadern dieses ehrfurchteinflößenden Gewächses. Wie klein man dagegen ist, wie kurzlebig! Meine ausgespannten Arme könnten kaum ein Fünftel des Stammes umfassen; meine gesamte Lebensspanne ist für die Buche wohl kaum ein Wimpernschlag: ich bin nur eines der Tausenden und Abertausenden Mitgeschöpfe, die im Laufe ihres Lebens unter der perfekt geformten Krone dieses Baumes herumkrochen.

Eine Straße am Rande des Ortes heißt „Galgenhügel": Über deren Geschichte möchte ich lieber nicht genauer nachdenken. Was ich jedoch spüre ist, dass die Beschäftigung mit der Vergänglichkeit, das Zurechtrücken der eigenen Unwichtigkeit für den Lauf der Welt, dabei hilft, wieder ins Leben zu finden und auch den Lebenswillen zurückzuerlangen. Was uns eine persönliche Katastrophe erscheint, ist für die Natur: Nichts.

Staub bin ich, Staub werde ich, ebenso wie der Mensch, der

mir das Herz brach, und wie leider alle, die ich je geliebt habe, liebe, lieben werde.

Also lohnt sich der Blick aufs Jetzt gar nicht, wenn wir ohnehin fast alle nur eine Randnotiz der Geschichte sind? Doch, denke ich. Das irdische Leben, das Jetzt zu würdigen, bin ich meinem Schöpfer schuldig, nicht nur obwohl, sondern weil ich an das Ewige Leben im Jenseits glaube.

In einem kleinen Wald begegne ich der Ruhe.

Auf einem gefällten Baum sitzt eine Krähe reglos. In ihrem schönen, schwarzen Gewand sieht sie mich an und ich frage mich, ob da nicht doch ein Anflug von List in ihren dunklen Augen blitzt.

Doch den Vogel interessieren meine Fragen nicht. Er wendet den Kopf ab, breitet die Schwingen aus und fliegt mit einer raschen, fließenden Bewegung davon. Ich sehe dem Vogel nach, wie er jetzt hoch oben auf einem Baum thront, näher am Himmel, als ich auf diesem Waldweg sein kann. Der Flügelschlag verhallt; kurz wähne ich mich in absoluter Stille. Dann füllt das leise Fließen von Wasser die Synkope, das Rascheln von Kleintieren im Unterholz, das ferne Rauschen der Straße. Zuletzt nehme ich auch den omnipräsenten Radau der anderen Krähen wieder wahr.

Es ist noch zu früh für eine Rückkehr in die Welt. An den Wald grenzen Äcker, auf denen sich hungrige Möwen sammeln. Ich werfe ihnen meinen Kummer hin, während ich durch die ausgetretenen Pfade schnüre, als läse ich eine frische Fährte.

Frohsinn

Es ist ein wunderbarer Tag im Mai. Möwen gleiten lautlos an der Dünenkette vorbei, die im Licht des späten Nachmittags golden aufleuchtet. Kein Wölkchen zeigt sich am makellos blauen Himmel, von dem seit dem frühen Morgen die Sonne strahlt. Jede Ecke bietet an solchen Tagen ein Fotomotiv, das man ohne weitere Bearbeitung auf einen Langeoog-Prospekt drucken könnte, wo es dann dafür sorgte, dass noch mehr Gäste und Investoren auf die Insel kämen, um hier Müll, Geld, noch mehr Baustellen und verwaiste Straßenzüge im Winter zu hinterlassen.
Kein Licht ohne Schatten.

Ich versuche in einem der Strandkörbe zu lesen. Immerhin soviel soziales Denken gibt es auf Langeoog noch, dass die Körbe, sobald die Vermietungsbuden schließen, zum Allgemeingut mutieren: Man kann also ab dem späten Nachmittag darin sitzen, ohne dafür bezahlt zu haben. An der Ostsee werden sie nach dem Feierabend der Vermieter gnadenlos mit Gittern verriegelt. Hier versuchen das einige Privatleute mittlerweile ebenfalls und errichten alberne Barrikaden aus Fahrradschlössern und Wäscheleinen an den Strandkörben, die sie für mehrere Tage gemietet haben. Als säße es sich tagsüber schöner darin, wenn man anderen in Abwesenheit keinen Sitzplatz gönnt.

Nebenan schreit ein Kind in einer so dämonischen Tonart und Intensität, dass man an das angeblich angeborene Gute im Menschen kaum noch glauben mag.
Und tatsächlich ist es doch so, dass einen manche Tage und Wochen schier an der Menschheit verzweifeln lassen, und seien sie meteorologisch auch noch so vollkommen. Und

nein, man selbst schließt sich nicht zwingend davon aus, denn wer ist bitteschön noch nicht gelegentlich an sich selbst verzweifelt?

Ich gehe zurück ins Dorf. Auf einer etwas abgelegenen Bank sitzt ein junger Mann unter prachtvoll erblühten Bäumen und weint, ein Telefon am Ohr. Sein Gesicht ist blass und starr vor Kummer. Er lauscht schweigend der Person am anderen Ende der Leitung, die ihm — man kann es nur ahnen — vermutlich soeben eine furchtbare Nachricht überbringt.

Derweil schieben fröhliche Familien ihre Strandbollerwagen und Buggys vorbei, Hörnchen mit bunten, süßen Eiskugeln in den Händen.

Es gibt keine Garantie auf Glück, nur weil Frühling ist. Und doch scheinen Trauer und Kummer jetzt ein noch größeres Tabu zu sein als sonst. Wer will sich, nach all dem Grau des Winters, schon noch mit dem Grau in andererleuts Seelen befassen?

Die Tage war ich im evangelischen Gottesdienst, weil ich dort dienstlich etwas zu erledigen hatte. Es war der Sonntag Kantate, und der Pfarrer leitete den Gottesdienst, anstatt sofort in jeder Hinsicht ein Loblied zu singen, mit den Worten ein, dass heute trotz des Festtages nicht allen Menschen zum Singen zumute sei. Dass die Laute menschlichen Elends trotz allem durch die Welt hallten. Als Katholik lobt man die Lutheraner ja eher spärlich, aber hier sage ich: Das hat mich beeindruckt.

Die Diktatur des Frohsinns ist nicht nur an Karneval ein Thema für sich. Mit einem engen Vertrauten, der sich mit Depressionen aus eigener Erfahrung auskennt, bin ich mir einig: Das Gefühl, nie traurig sein zu dürfen, weil in unserer Gesellschaft kein Platz dafür ist, macht erst Recht depressiv. Und zuweilen sehr einsam. Denn wer wagt schon an einem strahlend schönen Tag im Mai seine Freunde mit Trübnis zu belästigen? Eben.

„Lach doch mal, ist schönes Wetter." „Schau mal, die Sonne lacht auch." —Der Mai ist der Monat mit der höchsten Selbstmordrate.

Dennoch: Das Erwachen der Natur ist wunderschön. ich freue mich über jede neue Knospe, über das zarte Grün an den Bäumen, das niemals wieder im Jahr so eine wundervolle Farbe haben wird, über die ersten Stunden inmitten meiner geliebten Blumen auf dem Balkon, über die erste Sonnenbräune, die ersten goldenen Strähnen im Haar. Ich bin froh, dass mir der Frühling jedes Jahr verlässlich zeigt, dass zumindest meteorologisch der Winter vorbei ist, selbst wenn er seelische Eiszeit mitbrachte.

Menschliches Leid hält sich nunmal an keinen Jahreszeitenkalender. Ich kenne Menschen, bei denen ein Elternteil an Weihnachten starb; auch eine Freundin von mir starb am zweiten Weihnachtsfeiertag, meine Eltern verschoben ihre Hochzeit wegen des Todes der Großmutter. Es gibt Menschen, die an einem strahlend schönen Sommertag ihre Arbeit verlieren, verlassen werden, eine Fehlgeburt erleiden oder beim Arzt eine schlimme Diagnose erhalten. „Lacht doch mal. Ist schönes Wetter."

Ich erinnere einen Mann, den ich sehr lieb gehabt hatte, und der dann an meinem Geburtstag mit einem anderen vor der Tür stand, kaum halb so alt wie ich. Ich hatte seinem Besuch zum Geburtstag lang entgegengefiebert, hatte Pläne gemacht, geträumt, die Vorfreude in meinem Herzen gehegt wie die Zwiebeln der Frühlingsblumen in meinem Beet: Nicht mehr lange und alles würde erstrahlen in schönsten Farben. Noch war der Winter nicht vorbei, aber in der Kälte hatten mich stets seine lieben Worte gewärmt, die Kontinuität eines vermeintlich beiderseits gewachsenen Gefühls und seine schönen, großen, tiefbraunen Augen, in denen ich mich Schlechtes zu entdecken weigerte.

Jetzt hatten diese Augen einen kalten, gelblichen und unschönen Bernsteinton, der keinerlei Gefühl verriet, umschattet indes von anbetungswürdigen Wimpern. Er sah mich nicht einmal wirklich an, als er den mitgebrachten Jüngling an meinem Geburtstag — einem sonnigen Vorfrühlingstag — über meine Schwelle schob.

Das sei seine neue Muse, sagte der Mann, den ich liebte, und er sei hier doch sicher auch willkommen. Die Muse lächelte schüchtern und mir dämmerte, das er nichts ahnte von dem Ausmaß des seelischen Elends, das sein Auftauchen entfalten sollte.

Also gab ich der Muse die Hand und bemühte mich um Gastfreundlichkeit: Alles, was ich für zwei geplant hatte, modifizierte ich, der Höflichkeit geschuldet, für drei, während eine innere Abrissbirne mein Herz und meine Träume in Trümmer schlug.

In der Bibel mag die Drei eine heilige Zahl sein. In amourösen Dingen ist sie eine Katastrophe. Und dann saß man da und kaute an irgendetwas Teurem, das sich wie Sand anfühlte und sich nicht schlucken ließ, während der von mir noch innig Geliebte in verliebtem Palaver mit dem anderen erblühte, und man selbst verfluchte den Tag und die eigene Geburt, obwohl man diese eigentlich soeben feierte. Eigentlich.

Irgendwann hatte der Albtraum ein Ende, die beiden reisten ab. Hochmütig stieg der Mann über den siechen Rest langjähriger Verbundenheit, ohne sich noch einmal umzudrehen; den schönen Mantel gerafft, damit ihn nichts besudelte.

Derweil trudelten Glückwünsche ein: Ich hoffe, du hattest einen wundervollen Tag. Dankeschön, antwortete ich, natürlich hatte ich das. Wie sollte man seinen wohlmeinenden Freunden auch erklären, dass man an einem Tag, der für die meisten seit frühester Kindheit ein Inbegriff von Glückseligkeit ist, gerade vor Kummer erstickte?

Ich konnte es nicht.

Es zieht mich noch einmal zurück zum Strand. Die Pracht und Vollkommenheit der abendlich stillen Landschaft überwältigt mich. Der Gesang der aus den Dünen steigenden Lerchen wird von keinem Gebrüll mehr übertönt. Leise rauscht Wind durch das frisch gepflanzte Helmgras. Der meinem Haus naheliegende Strandüberweg wurde für die Saison verbreitert; die frühere Aussichtsplattform wurde abgebaut, die Bänke woanders hingestellt. Das Fernrohr, das dort früher stand, liegt nun, außer Dienst gestellt, mit seinem Betonsockel in den Dünen. Als die Sonne über dem Meer versinkt und sich seine Silhouette gegen den blutrot gefärbten Himmel abzeichnet, sieht es aus wie das Geschütz eines längst verlorenen Krieges.

Kulisse

Es ist heiß dieser Tage. Seit Wochen brüllt die Sonne vom Himmel, und das Meer vor der Wohnungstür nützt mir auch gerade nichts, da ich die Insel für eine Weile verließ. In der Stadt, in der ich mich nun befinde, prägt hanseatische Eleganz und preußisches Bürgertum bis heute das Straßenbild.

Die engen, kopfsteingepflasterten Gassen mit den schmalen, alten Häusern, den Kunstgalerien und kleinen Cafés atmen angesichts der Temperaturen zurzeit nahezu mediterranes Flair. Üppig blühende, uralte Rosenstöcke ranken an den Fassaden und tüpfeln die daruntersitzenden Menschen, ebenso wie den Gehweg, mit hübschen Schattenspielen.

Urlaubsleichtigkeit stellt sich ein, als ich mich vor ein kleines Restaurant setze. Die Stühle sind aus filigranem Geflecht, die Tische gusseisern mit karierten Tischdecken darauf. Nicht einmal die kleinen Steinzeuggefäße mit Lavendel- und Rosmarinsträußchen fehlen als florale Dekoration. Ich fühle mich wie in einem dieser französischen Filme, bei denen man die ganze Zeit heult und am Ende trotzdem glücklich rausgeht: Auf eigenartige Weise melancholisch und beschwingt zugleich.

Die Frauen, von ungeschminkter Eleganz, tragen in diesen Filmen weiße Blusen mit zarten Bändchen am Ausschnitt und Weidenkörbchen am Arm, die Männer Leinenhemden in Hellblau oder Weiß, dazu Chinos und Strohhüte, und auf den Gepäckträgern ihrer Fahrräder klemmt eine Zeitung oder ein Buch. Familienstreits werden immer beim Essen ausgetragen, aber noch viel mehr wird sich beim Essen versöhnt; unter Birnenbäumen vor blühenden Feldern oder niedrigen Steinmäuerchen.

Aus dem Efeu an der Regenrinne des Lokals zwitschern Spatzen; ein Schmetterling verirrt sich in dem Schattenspiel, das die Rosenranken aufs Trottoir zaubern, zartgelb wie das Zitronentörtchen neben meinem Espresso. Die Rosen duften. Es ist bis an die Schmerzgrenze romantisch.

Zwangsläufig komme ich nicht umhin, an diesem Ort auch an den anderen zu denken, dem ein hellblaues Leinenhemd ganz wunderbar stünde, wenn er mir jetzt gegenüber säße.

Wäre es doch noch einmal wie früher, denke ich. Als seine großen, braunen Augen noch nicht ebenso krampfhaft wie kalt an mir vorbeisahen. Als sein Mund noch lächelte und dabei die weißen, eigenartig großen und quadratischen Zähne entblößte, anstatt sich despektierlich in irritierender Asymmetrie zu verziehen, die scharf konturierten Lippen verkniffen und von nahezu blutleerer Blässe. Wie in den Filmen hätte er auch so einen Strohhut auf, damit man die Tonsur nicht sähe, die er in seiner Eitelkeit ständig zu verbergen versucht, und nur ein Teil seiner dunkelblonden bis ergrauend braunen, störrischen Locken schaute unter der Krempe hervor. Ich indes verfiele am rotkariert bedeckten Tisch einmal mehr seinem Charme, seiner Eloquenz, seiner jungenhaften Kindlichkeit — noch Lichtjahre davon entfernt, diese als erschreckend routinierte Manipulation, Selbstdarstellung und Unreife zu erkennen.

„Sei froh, dass du so ent-täuscht worden bist", sagt mir eine Freundin, „das ist ein Segen". Ich weiß, dass sie Recht hat, aber ich frage mich, ob das Wissen um die Wahrheit wirklich immer besser ist als das Leben mit einer schönen Lüge. Ich denke an seine eher grob wirkenden Hände, die ich nie bemerkenswert fand, aber die ich nun trotzdem gerne auf dem karierten Tischtuch gegenüber sähe; die eine ein Weinglas haltend, die andere sein wortgewandtes Erzählen untermalend.

Ich erinnere mich, wie überraschend weich ich diese Hände fand, obwohl es naheliegt, da dieser Mann nie körperlich arbeiten musste. Er lebt davon, andere mit Worten in seinen Bann zu schlagen: Manchmal für eine gute Sache, manchmal für das Gegenteil davon.

Es ist schön, hier alleine in der Sonnenwärme in diesem wundervollen Gässchen zu sitzen. Mir fehlt nichts, mir fehlt auch der Mann nicht wirklich — zumindest nicht der, den die Ent-Täuschung enthüllte. Aber mir fehlt das Gefühl aus der Zeit, als ich ihn für so anders hielt; als er für mich am Schönsten war, innen wie außen. Ich lege mich in die Erinnerung an diese Zeit wie in ein warmes, nach Orangenblüten, Lavendel und Pinienwald duftendes Schaumbad und wünschte, es würde nicht so schnell erkalten.

„Die Welt liebt einmal im Kreis" sagte mir einst ein bereits vor Jahrzehnten Verflossener, und mit diesem Spruch hatte er Recht. Denn oft ist es doch wirklich so, dass eine Liebe unerfüllt bleibt, weil der oder die Verehrte ebenfalls an unerwiderter Liebe zu einem oder einer Dritten leidet. Oder eine Liebe endet, weil der andere sich anderweitig verliebt, diese Person aber auch nicht, nur kurz oder nur eingeschränkt bekommen kann. Aber es tröstet auch nicht wirklich — geteiltes Leid ist hier keinesfalls halbes Leid — und noch weniger sollte man wohl der Gefahr erliegen, sich gegenseitig darüber trösten zu wollen, denn auch das würde nur weiteres Leid gebären: *Been there, done that*, um es Neudeutsch zu formulieren.

Am nächsten Abend bin ich erneut in dem Lokal, in Gesellschaft lieber Menschen, die sich ebenfalls für das filmreife Setting begeistern. Wir sitzen vor Gambas und Sardinen vom Grill, vor frisch gebackenem Brot und Schälchen mit Olivenöl und Aioli; die letzten Strahlen der inzwischen tiefstehenden Sonne dringen durch die eng verwinkelte Gasse und lassen den Wein wie Juwelen aufleuchten; selbst die Menschen wirken wie von goldenem Schein umkränzt. Hinter uns plätschert ein Brunnen. In der silbrigen Verspieltheit dieses Klanges rinnt endlich wieder die ersehnte Leichtigkeit ins Herz, und für einen Moment möchte ich gar nichts anderes mehr sein als ein Teil dieses perfekten Bühnenbildes. Ich trage sogar ein hellblaues Leinenhemd.

Exerzitien

„Dann sah ich einen neuen Himmel und eine neue Erde. Denn der frühere Himmel und die frühere Erde waren vergangen. Und auch das alte Meer, die dämonische Unheilsmacht, war nicht mehr da." (Offb.Joh.21,1.)

Nach aufwühlenden Tagen, Wochen, Monaten wird es Zeit, das noch immer tosende Meer in mir zur Ruhe zu bringen. Exerzitien in Schweigen stehen an; auf Empfehlung eines Beichtvaters, aber auch aus ureigenstem Wunsch, obwohl ich nicht genau weiß, was mich erwartet — schließlich sind es die ersten Exerzitien meines Lebens.
Angst habe ich nicht. Es herrschen Hoffnung und (Vor-)freude.

Das Exerzitienhaus liegt in der Nähe meines Geburtsortes auf einer Anhöhe. Durch das große Fenster in meinem Zimmer fällt der Blick auf Bäume; darunter eine Ahnung vom See, an dem ich viele Kindertage verbrachte.
„Das spült sicher auch viele hässliche Dinge frei" unkt jemand über das Exerzitienvorhaben, „Das wird wehtun." Vermutlich ja. Aber wenn man alles jahrzehntelang frisst, vergiftet es einen. Und wo ließe sich besser seelisch Entmis-

ten als in geschützter Umgebung, umsorgt und fern vom Alltag?

Im lichtdurchfluteten Atrium der Anlage plätschert ein Springbrunnen, eine rosenumkränzte Pergola leitet als eine Art Kreuzgang den Weg zur kleinen Seminarkirche, die sich im Innenraum deutlich großzügiger und heller präsentiert als vermutet. Es ist ein Ort zum Wohlfühlen. Ein Ort, um jener Art bedingungsloser und unendlicher Liebe nachzuspüren, die man ohnehin nur in Gott findet.

„Unruhig ist unser Herz, bis es in Dir ruht, O Gott."

Dieses Zitat stammt vom heiligen Augustinus (354-430 n.Chr.), den mir ein weiterer Beichtvater zur näheren Beschäftigung ans Herz legte. Ich würde, als Spätberufener mit wildem Vorleben, einige Parallelen in dessen Lebenslauf finden, sagte er mir. Und Augustinus' Beschäftigung mit dem Ideal der reinsten Liebe könnte mir ebenfalls gefallen. Von einem „unruhigen Herzen" indes kann ich schon jetzt mehr als ein Lied singen, folglich soll dieses Wort des afrikanischen Gelehrten meine Exerzitien einläuten — und stetig läutend begleiten.

Ich finde das Zitat in einem kleinen Büchlein, das ich am ersten Abend im Wintergarten des Hauses lese. Es ist immer noch brütend warm, weit über 30°C. Ein Kaltgetränk schafft Abhilfe. Man kann sich die Flaschen auf Vertrauensbasis aus einem Kühlschrank nehmen und das Geld in eine Schachtel legen, die nicht einmal irgendwo angekettet oder videoüberwacht ist. Ein schönes Zeichen in einer durchkapitalisierten Welt voller Misstrauen. Erneut fühle ich: Dies ist ein guter Ort.

Kurz darauf treffe ich beim Abendessen auf die Gruppe. Beim Essen darf man noch reden, man soll sich kennenlernen. Frage mich zwar wozu, wenn man mit diesen Menschen in den kommenden Tagen doch ohnehin Schweigen wird, aber vermutlich lässt es sich auch non-verbal Fremdeln, ergo höre ich mir ein paar Lebensläufe an und erzähle das Nötigste, wo gefragt wird.

Das, was mich wirklich bewegt, hebe ich für das Einzelgespräch mit der Seelsorgerin auf: Eine warmherzig und offen wirkende Person mit entzückendem osteuropäischem Akzent und interessanter Biografie; souverän und sanft zugleich. Aus einem Stapel Postkarten mit Wörtern wie „Geduld", „Mut", „Geborgenheit" und Ähnlichem soll ich spontan eine wählen, die mich am ehesten anspricht und auf das weist, warum ich hier bin.

Ich wähle „Vertrauen."

Auch das ist ein guter Anfang, und so beschließe ich den ersten Exerzitientag gelöst und friedlich. Es ist erstaunlich still ums Haus, fast stiller als auf Langeoog. Bis auf das Rauschen der Straße ist kein Menschenlärm zu hören. Niemand plappert. In den Bäumen rauscht Wind, im nahen Wald meldet sich ein Kauz. Vögel singen; im Hof kann man sogar das Geräusch zu Boden fallender Rosenblütenblätter vernehmen.

***

„Unsere Sehnsucht nach Geborgenheit, nach Zugehörigkeit und einer Nähe, die für immer geschenkt wird, kann kein Mensch oder Ding füllen."

Mit diesem Zitat, dessen Quelle ich leider nicht erinnere, beginne ich den zweiten Tag. Wider Erwarten war ich bereits weit vor der Morgenandacht wach; von alleine und ausgeruht. Wie gut es tut, sich um nichts kümmern zu müssen! Und wie gut tut mir das Schweigen. Gemeinschaft ohne Smalltalk. Und schon beim Frühstück stelle ich fest: Menschen erzählen viel ehrlicher von sich, wenn sie nichts sagen. Wer lächelt, wer hält einem die Tür auf, wer seht einen freundlich an? Sich hinter Floskeln und Worten zu verstecken ist so leicht, denke ich. Ich mache mich selbst oft genug schuldig daran, wenn auch eher schriftsprachlich. Der Mensch, den ich liebte? Vielleicht liebte ich doch nur seine Worte. Was davon, denke ich nun, war aber wirklich er? Was würde bleiben, wenn er schwiege? Aber ich will nicht mehr an ihn denken. Meine Liebe gehört hier Gott.

Im Schatten einer Lärche verfasse ich zwei Gedichte. Sie kommen einfach so, ich feile kaum daran herum. Dankbar für Kunst und Worte streichele ich die weichen Nadeln des Baumes und seine Rinde, die sonnenwarm ist. Sie riecht nach Harz. Ich fühle Heilung.

„Ich selbst bin die Spur, die mich hinführt zur Erfüllung meiner tiefsten Sehnsucht".

Die Spur, auf der ich wandelnd über dieses Zitat einer Eremitin nachdenken möchte, ist steil und flankiert von Brennessel- und Brombeerdickicht. Links und rechts daneben erstrecken sich Felder hoch über dem Ruhrtal, versprengte Waldinseln dazwischen; aus der Ferne ragt die Basilika mit ihrem grün oxidierten Kupferdach.

Doch die Idee, an einem schwülen, heißen Tag wandernd in Dialog mit Gott zu treten, erweist sich schon bald als bescheuert. Die Straßen rund um das Haus heißen alle etwas mit -berg oder -höhe: Ich hätte etwas ahnen können. tatsächlich wird der Ansteig immer anstrengender, der Weg immer steiler und ich verfluche das Vorhaben, kaum, dass ich es begann.

Zum Glück sieht mich keiner, denke ich, war ja klar, dass der Typ aus dem platten Ostfriesland an jedem Hügel schon aus dem letzten Loch pfeift. Indes: Mir wurde am Ende der Straße ein Wald versprochen und so quäle ich mich noch eine Weile, dann aber gebe ich auf. Beim Abstieg leiden meinen Knie sehr. Und das nächste sportliche Desaster folgt.

Qi Gong im Park steht auf dem Plan, und die Kursleiterin kann das sogar korrekt aussprechen. Als studierter Ostasienwissenschaftler habe ich mich zwar nie in diesem Berufsfeld bewegt, aber auch 20 Jahre nach dem Diplom graust es mir zuweilen noch bei der Verballhornung chinesischer Begriffe und ihrer Vereinnahmung durch diverse Zweige der Esoterik. „Diplom verpflichtet" denke ich daher leider nicht nur bei der Aussprache, sondern auch bei der Ausführung der Übungen und mache etwas überambitioniert mit. Zusammen mit den Malaisen durch den gefühlt hochalpinen Ausflug zum Waldrand meutert mein Knie danach endgültig und ich schleppe mich in der Position „verendender Kranich" eher mittelelegant vom Feld.

Nach dem Abendessen ereilt mich ein toter Punkt: Der Tag war lang. Aber es steht noch ein Gottesdienst an, also gehe ich hin, wenn auch unter Eingeständnis, dass ich die Augen nicht nur aus Frömmigkeitsgründen kaum offen halten kann.

Wir sollen in uns gehen und überlegen, wie unser Tag war, welche einzelnen Worte aktuell umreißen, wie es uns geht; wie es uns ging mit Gott. Ich bin außerstande, etwas spi-

rituell Beseeltes zu denken. Ich denke „müde" und „aua".
Denn außer den Knien berichten nun auch Nacken und
Arme vom Qi Gong.

Als wir jedoch reihum laut aussprechen sollen, was unserer Erleben beschreibt — in einem einzigen Wort — höre
ich mein Herz ein Wort sagen, bevor ich es denken kann:
„Gnade".

Na toll, denke ich. Meine ersten Exerzitien als Katholik.
Ignatianische, katholische Exerzitien. Und das erste Wort,
das mir als Resümee einfällt, könnte lutherischer nicht besetzt sein.

Sola gratia.

Allerdings geht dieser Kernbegriff der Reformation wiederum auf Augustinus zurück, der um den Satz „Alles ist
Gnade" seine Gedanken zur Demut häkelte — und Luther
war schließlich Augustinermönch. Ein weiterer Kreis, der
sich schließt: Ich freue mich darüber.

***

*„Ich bin nicht würdig, dass Du eingehst unter meinem Dach. Aber
sprich nur ein Wort, so wird meine Seele gesund."*

Am dritten Tag hat es endlich geregnet. Dankbar reiße ich
am Morgen nach einer unruhigen und unschönen Nacht
voller Albträume und durch die Schwüle gestörten Schlafs
das Fenster auf. Ich bin todmüde und es dauert lange, bis
ich die Nacht hinter mir lassen kann. Beim Morgengebet
bin ich entsetzlich unkonzentriert. Ich verstehe das nicht:
Gestern so en wundervoller Tag, voll Zuversicht und neuem Mut. Und dann die Nacht, die einen zurückwirft ins
Bodenlose, mit erlebten Demütigungen, die noch immer
an einem nagen und die man wieder und wieder im Traum

ertragen muss, samt all der Gefühle, die sie aufwerfen wie ein Bagger, der mit dem aufgewühlten Morast vom Grund das schöne, klare Wasser eines Sees versaut, und man weiß, dass es dauern wird, bis sich das Sediment wieder setzt. Wie schön wäre es doch, diesen Morast ein für alle Mal aus der Seele heben und vernichten zu können! Aber so wie ein See ohne Schlamm, Steine und Erde auf dem Grund nur ein seelenloses Schwimmbecken wäre, ohne einen Halt für die Wurzeln der schönen Uferpflanzen, ohne Nahrung für alles was darin wohnt, wäre wohl auch eine Seele ohne Morast nicht wirklich ein Lebensraum.

„Gefühle sind nicht per se gut oder schlecht, Gefühle sind erst einmal einfach da", sagte mir unsere Inselseelsorgerin einmal, aber es ist wohl bei jedem so, dass man einige davon lieber hat als andere. Nichtsdestotrotz zeigen einem vielleicht gerade die eher „ungewollten" Gefühle, woran es sich noch zu arbeiten lohnt.

Im Lesesaal finde ich ein Bändchen zweier Benediktinerpatres mit dem Titel „Christus im Bruder", in dem es um Verzeihen, Versöhnen, dem Umgang mit schwierigen Mitbrüdern und -schwestern geht. Ich finde viel Wertvolles darin und kaufe es mir.

Allmählich weicht der Albtraum; Hoffnung und Leichtigkeit kehren zurück. Das Seelsorgegespräch am Vormittag spendet Trost und tut mit frischen Impulsen ein Übriges dazu, um das Grübeln und Grämen zu beenden. Mit einer konkreten Gebetsanleitung und einer Bibelstelle zum Nachsinnen verlasse ich das Seelsorgebüro und spüre einmal mehr, wie gut es tut, auch einmal die Dinge aus der Hand zu geben.

Die Bibelstelle, von der ich zunächst dachte, dass sie keinen Bezug zu meinem Leben hätte, passt schon nach wenigen Minuten näherer Betrachtung wie ein Handschuh. Ich staune: Die Menschen hier können ihren Job. Und ich spüre, wie sehr ich noch am Anfang von allem stehe. Empfinde ich das als Defizit? Nein. Neues zu lernen ist schön. Und alles, was den eigenen Gedankenkreisel durchbricht, auch.

Im Atrium hat das nächtliche Gewitter den Rosenduft intensiviert. Die Tropfen an den Blüten und Ranken unterstreichen ihre Schönheit.
Ich genieße den Regen, der klare Luft bringt, kühlt und reinigt. Klarheit: Das ist meine Sehnsucht.

„Eine Linde ist mein Lieblingsbaum
Und alle Sommer, welche in ihr schweigen
rühren sich wieder in den tausend Zweigen
und wachen zwischen Tag und Traum"
(Rainer Maria Rilke, Auszug aus „Ich bin zu Hause zwischen Tag und Traum", 1909)

Auch Rilke konnte sich der Faszination „Bäume" nicht entziehen. Sein wunderschönes Gedicht mit dem Lindenbaum, das ich hier auszugsweise zitiere, fällt mir ein, als ich barfuß das regennasse Gras im Park des Exerzitienhauses durchstreife. Ich weiß nicht, wie lange ich nicht mehr barfuß durch eine nasse Wiese schritt. Es ist ewig her und es ist wunderschön. Zugleich kann ich mich an den mächtigen Baumkronen über mir nicht sattsehen. Denn Bäume, richtig alte, hohe Bäume, sind das Einzige, was ich wirklich vermisse auf Langeoog. Ich liebe Bäume. Tief verwurzelt und doch sich öffnend zum Himmel und in die

Welt — Möchte ich nicht selbst so sein? Ein Menschenleben ist gemessen am Alter einiger dieser Baumriesen nur ein Wimpernschlag. Diese hier sahen die Stadt brennen im Krieg, und als das Ruhrgebiet noch Glanzzeiten hatte, flanierten unter ihren schattenspendenden Zweigen reiche Industrielle.

Der vorletzte Exerzitientag endet. Ich beschließe ihn in Frieden, mit einem letzten Gebet um eine traumlose Nacht.

***

„Wechselnde Pfade / Schatten und Licht / Alles ist Gnade / Fürchte dich nicht.“
(Baltischer Hausspruch)

Vierter Tag. Ich schlief so tief wie lange nicht und erwachte rechtzeitig ohne Wecker. Erst gegen Morgen träumte ich: Zwar wieder nichts, was man als schön bezeichnen könnte, aber es war kein quälender, unkonstruktiver Albtraum, der einem noch den ganzen Tag nachhängt. Vielmehr war der Traum ein Hinweis auf einem Bereich, in dem ich noch mehr auf meine Grenzen achten sollte. Gott räumt hier auf in meiner Seele: Ich spüre es deutlich. Ich bin dankbar dafür und bei der Morgenandacht klar, wach und konzentriert. Ein Zustand, der bei mir angesichts der Uhrzeit alles andere als selbstverständlich ist.

Eine Frau aus der Gruppe hat Geburtstag. Wir wissen das, weil sie es bei der Ankunft erzählt hat. Die Kursleiter überreichen ihr eine Rose in einer kleinen Vase, noch taufeucht aus dem Atrium. Ich finde die Geste schön und alle nicken ihr freundlich zu und lächeln oder machen eine kleine Verneigung. Sprechen wollen wir ja nicht.

Die Frau lächelt zurück. Aber beim Frühstück weint sie.

Die Rose steht vor ihr. Ich bin der einzige, der das sieht, weil nur ich ihr gegenübersitze, und natürlich würde ich sie gerne trösten, ihr wenigstens ein mitfühlendes Lächeln schenken, aber sie sieht nicht her. Indes sehe ich aber auch, wie sehr sie sich zusammenzureißen bemüht; ein Beben geht durch ihren ganzen schmalen Körper und sie kämpft sichtlich gegen das aufsteigende Schluchzen. Kein Laut entweicht ihr, aber die Tränen rinnen in zwei klaren Bächen ihre Wangen hinunter und tropfen auf ihr schönes Oberteil, das sie zu diesem Tage sicher besonders sorgfältig wählte.

Vermutlich möchte sie nicht, dass es jemand mitbekommt, denke ich. Also blicke ich nur in Sorge zu ihr und reagiere nicht weiter. Kurz darauf versiegen ihre Tränen. Leid tut sie mir trotzdem: Ich kenne das Traurigsein an Geburtstagen. Das unvermeidliche Bilanzieren. Aber vielleicht hat das Weinen bei der Frau ja auch ganz andere Gründe. Ich kann das nicht wissen, denn wenn ich eines im Umgang mit anderen Menschen gelernt habe, dann diese goldene Regel: Ich bin nicht du. Und vice versa. Alle An- und Mutmaßungen über Motivation und Befindlichkeit anderer sowie Ratschläge im Sinne von „Wenn ich du wäre, würde ich …" erübrigen sich damit. Und auch langjährige Partner sollten sich das ab und zu sagen, bevor sie die Sätze des *significant other* vorschnell ergänzen.

Später singen wir einen wunderbaren Kanon: *„Wechselnde Pfade / Schatten und Licht / Alles ist Gnade / Fürchte dich nicht."* Wir haben gute Sängerinnen und Sänger in der Gruppe, dadurch klingt es sehr schnell sehr schön, und sogar meine Stimme — sonst eher dünn und nichts, worauf ich stolz bin — ist heute erstaunlich volltönend, obwohl ich sie hier außer zum Singen für nichts benutze. Es überrascht mich ebenso, wie es mich glücklich macht. Aber der Text kommt auch aus tiefstem Herzen: Ich mag den Begriff der Gnade, insofern hatte Beichtvater Nr. 1 in Sachen Augustinus wohl wirklich den richtigen Riecher — und zugleich versöhnt es mich mit meiner lutherischen Vergangenheit.

Alles ist gut. Wie ich diesen Spruch „Alles wird gut" im Fernsehen und als platte Floskel immer verabscheute, wie zynisch ich ihn fand angesichts all des Grauens in der Welt. Das vage Versprechen auf ein „wird" finde ich immer noch mau. Was soll ich damit? Aber hier fühle ich es im Präsens: Alles ist gut. Das Grauen in der Welt tobt unbeirrt weiter, natürlich. Auch hinter Klostermauern wird man für das Draußen nicht blind. Aber das Gute ist trotzdem auch da, immer noch, und es gibt Menschen, Orte, Werte, die es nähren und erstarken lassen.
Es ist ein Segen, sich darauf einzulassen.

„Von guten Mächten wunderbar geborgen, erwarten wir getrost, was kommen mag."
(Dietrich Bonhoeffer)

Am Nachmittag hört der Regen auf und es wird schlagartig wieder warm. Ein Spaziergang führt mich (dieses Mal ohne Anstieg) entlang am Rande der Felder. Auf den vom Regen gebeugten Grashalmen liegen die Tropfen wie Glasmurmeln in einer Schale. Wie vollkommen die Schöpfung ist, denke ich, und möchte mich alle zehn Meter auf den Boden werfen vor Ehrfurcht.
Nacheinander kommen mir zwei Spaziergänger mit ihren Hunden entgegen. Sie machen mir Platz, lächeln und grüßen freundlich. Menschen können ja nett sein, denke ich. Ich hatte das fast vergessen. Aber vielleicht, ahne ich, hat

sich ja auch etwas an mir geändert, an meiner Ausstrahlung. Vielleicht habe ich mich ja auch seit Langem wieder einmal getraut, jemanden wirklich anzusehen.

Auch das heutige Seelsorgegespräch zeigt mir: Hier passiert etwas, es bewegt sich. In der Stille wächst die Empfänglichkeit: Für das eigene Herz, die Seele, den Ruf Gottes.

Beim letzten Abendgottesdienst bin ich es, der heult. Selbstverständlich möchte ich das ähnlich würdevoll erledigen wie die Dame heute Morgen, aber ich habe kein Taschentuch dabei. Also muss ich mich während der Andacht rausschleichen, um in der Sakristei in ein Tuch zu tröten: vermutlich nicht ungehört.

Aber ich bin nicht traurig. Im Gegenteil. Während der Exerzitientage fühlte ich etwas heilsam in mir aufweichen, was nicht gleichzusetzen mit einem schwach werden oder gar verletzlicher werden ist. Eher: Weich genug, damit Belastendes entweichen kann. Weich genug, damit sich Herz und Seele wieder in Form bringen lassen und Risse darin zugestrichen werden können. Und weich genug, um wieder zu lieben: Trotz aller Verletzungen.

„Sieh, das Lamm Gottes!" — Dem Menschen, der das vor etwa zwei Jahren zu mir sagte und der mich letztlich nach Hause brachte, gilt dafür meine Achtung und Dankbarkeit. Doch ich kann seine Hand nun loslassen, denn ich weiß: Es gibt einen anderen, der sie hält.

„Keep giving all the love you can."
(Tammy Wynette, „Stand by your man")

Erwachen

Um 4:30 Uhr ist es bereits hell. Ich höre die Wellen an den Strand rollen. Die ersten Vögel regen sich zwitschernd und schnatternd, ein kleiner Schwarm Austernfischer trillert in pfeilschnellem Fluge. Ich liege schlaflos und bin dankbar für den Beginn dieses neuen Tages. Draußen auf dem Balkon höre ich es aus der Vogeltränke plätschern; irgendein kleines gefiedertes Wesen nimmt sein Morgenbad.

Ich erinnere einen Verflossenen, der sich mit einem entnervten „Boah, diese Scheißvögel" jetzt noch einmal umgedreht hätte, aber mir entlocken sowohl die Erinnerung daran als auch die Scheißvögel selbst nur mehr ein kleines Lächeln. Ich bin froh, dass noch kein Menschengeräusch, kein Zivilisationslärm in diese Naturidylle bricht. Keine Toilettenspülung, keine rauschende Dusche, keine tapsenden Füße aus irgendeiner der Wohnungen über mir, kein Streit, kein Möbelrücken.

Frieden.

Mit meiner Schlaflosigkeit bin ich alles andere als versöhnt, aber da ich, Gott sei es gedankt, zu keiner festen Zeit mehr an irgendeinem Arbeitsplatz sein muss, gerate ich darüber zumindest nicht mehr in Panik.

In die Bettdecke gewickelt, trete ich auf den Balkon. Die Fenster sind vom Morgentau beschlagen, und selbst meine Blumen schlafen noch: Die Köpfchen der Chrysanthemen sind zur Hälfte geschlossen.

Es ist windstill. Auf der Straße, über die in wenigen Stunden Fahrräder, E-Karren und Kutschen rollen werden, geht in aller Seelenruhe eine Dohle spazieren, stolz wie ein feiner Herr aus früherer Zeit, und fast meint man Monokel, Stock und Melone zu sehen.

Ein wenig beunruhigt mich die Ahnung über das Ausmaß des toten Punktes, der mich vermutlich gegen 9 oder 10 Uhr ereilen wird, wenn alle anderen erwachen — aber noch genieße ich den Luxus dieser wundervollen Art morgendlicher Eremitage. Vor dem Balkon schält sich die Sonne als goldener Ball aus dem rosafarbenen Dunst und lässt die Tautropfen am Fenster wie Lametta leuchten.

Ich widerstehe dem kindlichen Bedürfnis, mit dem Finger auf dem beschlagenen Fenster zu malen, wiewohl mir unweigerlich eine Liedzeile von Reinhard Mey einfällt:

„Ich sag es einfach und ich schreibe / auf jeden Spiegel / an die Wand / auf die beschlagene Fensterscheibe / wofür ich so viele Umwege erfand …"
(Reinhard Mey, „Ich liebe Dich")

Das Lied war der Soundtrack des letzten Sommers. In diesem Sommer war ich glücklich. Oder zumindest verdammt nah dran.

„Ich liebe Dich." Im Gegensatz zu Mey sprach ich das nie aus. Manchmal weiß ich nicht einmal mehr, ob ich das wirklich fühlte. Aber auch hier war ich zumindest verdammt nah dran.

Eine diffuse Sehnsucht beschleicht mich, wohl wissend, dass sich der letzte Sommer nicht zurückholen lässt. Die Leichtigkeit, die Sicherheit. Dieses: „Mit Dir kann ich alles schaffen."

Damals begann jeder neue Tag mit irgendeiner lieben Nachricht von ihm; dieser Tage speicherte ich den Mailverlauf fürs Archiv: Das PDF umfasst 3350 Seiten.

Dass wir uns nichts zu sagen gehabt hätten, denke ich mit einem Anflug wehmütiger Bitterkeit, kann man nun wirklich nicht behaupten. 2,5 Jahre. Vorbei.

Dass er mir nicht mehr fehlt, kann ich auch nicht behaupten.

Die Luft riecht nach Herbst. Zwar ist es erst Ende Juni, aber die extreme Hitze und Trockenheit der vergangenen Wochen, gefolgt von einer nassen Kälteperiode, hat viel Vegetation verrotten lassen. Die kleine Grasfläche vorm Haus ist nur noch ein Streifen Sand, selbst die nahezu unverwüstlichen Kartoffelrosen haben merklich gelitten. Nun ist ihre Blüte aber bald ohnehin vorbei, der Duft verweht, Hagebutten bilden sich heran, die ersten sind bereits im flammenden Rot des Spätsommers.

Die Natur macht keinen Halt, die Zeichen stehen auf Veränderung.

Ich gebe das Vorhaben des Weiterschlafens auf. Nach einem erfolglosen Versuch, mich noch einmal hinzulegen, nehme ich die Strickjacke vom Haken und mache Kaffee. Es ist 6:00 Uhr. Irgendwo im Haus wird die erste Dusche aufgedreht. Eine Tür schlägt.

Die Sonne steht nun voll am Horizont. Es wird ein klarer, warmer Tag.

24 neue Stunden mit der Option auf so gut wie alles, denke ich: Annehmen, was kommt. Wir sind am Leben.

Fülle

„Leben in Fülle". Es ist ein Leichtes, sich vorzustellen, was die Bibel damit meint, wenn man dieser Tage über Land fährt. Vor dem Busfenster, auf der Straße Richtung Norden, wogen goldene Ähren. Der Mais schießt in die Höhe, auf den Obstplantagen bekommen die Äpfel schon rote Bäckchen. Auf den Verkehrsinseln leuchtet der Rainfarn in goldener Pracht. Die Natur ist hier weiter als auf Langeoog, denn dort hat diese von mir geliebte Pflanze, die unter anderem an den Strandaufgängen wächst, noch grün verschlossene Knospen.

Blühstreifen, welche die Äcker und Weiden säumen, sind blauweiß geblümt wie zartes, friesisches Teegeschirr: Kornblumen und Kamille, Disteln und Schaumkraut geben sich ein „Landlust"-Covertaugliches Stelldichein. In einem funkelnden Wassergraben füttert eine Teichralle ihr Kleines, Holsteiner Fleckvieh käut, träge und wohlgenährt, auf saftiggrünen Wiesen wieder. An den Straßenrändern zeichnet sich eine Allee junger Birken strahlend weiß gegen den königsblauen Himmel ab.

All diese Pracht ist über das zarte Erwachen des Frühlings weit hinaus; sie trägt bereits das Verprechen auf die Ernte des Herbstes in sich, ohne jedoch schon erkennbares Verfallen, die Vorboten des Winters, zu zeigen. Der Sommer ist auf seinem Zenit.

Kurz vor der Stadt Norden steige ich aus. Das Schloss Lütetsburg ist mein Ziel mit seinem beeindruckenden Park, an den ich mich nur vage aus sehr jungen Jahren — damals in Begleitung meiner Eltern — erinnere.

Mit ihren alten Gewächshäusern, die heute ein Café und einen Laden beherbergen, erinnert mich die Anlage an die Königlich-Preußische Gartenakademie in Berlin, unweit des Botanischen Gartens, wo ich liebend gern den mir ansonsten unerträglichen (obwohl hochgepriesenen) Berliner Sommer verbrachte.

Im Inneren des Glashauses, in dem sich das Café befindet, ranken Weinstöcke aus den 50er Jahren und zaubern entzückende Schattenspiele auf das schlichte, aber gepflegte Interieur. Sogar das Klo befindet sich in einem bezaubernden Backsteinhäuschen, an dem üppige Rosen wuchern.

Es ist später Vormittag; das Café hat gerade erst aufgemacht. Außer mir ist nur ein älteres Ehepaar sowie ein

Damenkränzchen anwesend, das bereits bestgelaunt dem Sanddornprosecco zuspricht.

Die Kuchen und Torten in der Vitrine sehen ebenfalls aus, als entstammten sie geradezu einer „Landlust"-Ausgabe, aber es ist eindeutig noch zu früh dafür. Also bestelle ich Tee und eine Gemüsequiche, die hier nicht profan mit einem „Beilagensalat", sondern mit einem „kleinen Salatgesteck" angepriesen wird. Alles ist stilvoll und edel, ohne protzig zu sein: Cleanes Understatement. Und wo wäre das Wording „Gesteck" passender als in einer Schlossgärtnerei? Eben. Der Ex-Werbefuzzi in mir nickt. Und fast wäre mir auch schon nach Prosecco.

Nach dem Brunch rüste ich mich für den Gang durch den Park, dessen gewaltige Ausmaße mir erst bewusst werden, als ich im zweiten historischen Gewächshaus — dem Lädchen — einen ausführlichen Parkguide kaufe. Mir dämmert jetzt schon, dass ich nicht alles schaffen werde, bis ich den Bus zum letzten Schiff zurück nehmen muss. Also picke ich mir die interessantesten Stationen heraus: Die Kapelle, die 300 Jahre alte Eiche, die Nadelgehölze, den größten See.

Aber es fällt schwer, sich an den Plan zu halten.

Hinter jeder Ecke eröffnen sich faszinierende Perspektiven, spektakuläre Sichtachsen, ausgeklügelte und doch so zufällig wirkende Blickwinkel. Zwischen den sonnendurchwirkten Zweigen immer wieder: Das Schloss.

Eine Hochzeitsgesellschaft hat sich unterhalb des „Tempels der Freundschaft" versammelt, der eine Außenstelle des Standesamts Hage beherbergt. Die nächste Gesellschaft wartet bereits auf ihren Einzug. Eine hochgewachsene Dame in einem eleganten, bodenlangen grünen Kleid, mit weich aufgesteckten, edelholzbraunen Haaren und sensationeller Figur, verschmilzt förmlich mit dem Sattgrün der Bäume und stiehlt der Braut zweifelsohne die Show. Ich sehe sie nur vom Weiten, aber es ist einer der seltenen Fälle, in denen sogar ich eine Frau anbetungswürdig finde. Und jedes Mal, wenn jetzt jemand „Holla, die Waldfee sagt", denke ich, werde ich wohl genau diese bezaubernde „Waldfee" vor Augen haben.

Unter einer Baumgruppe posiert ein drittes Brautpaar gerade für eine Fotografin. Alle, die daran vorbeimarschieren, rufen „Herzlichen Glückwunsch": Es sind viele. Die Braut ist zu stark geschminkt und sieht gestresst aus. Aber sie bedankt sich und versucht zu lächeln. Die Fotografin hat ihr und dem Bräutigam Holzbuchstaben in die Hand gedrückt: L, O, V, E. Die Braut soll sich das O über den Kopf halten. Es sieht albern aus und sie tut mir Leid. So eine Erinnerung wöllte ich nicht im Album. Aber der Baum, unter dem sie stehen, ist schön. Und der Bräutigam auch.

Ich erreiche die „Nordische Kapelle". Das winzige Gotteshaus wurde 1802 nach skandinavischem Vorbild errichtet, mit künstlichern Felsen, Nadelbäumen und kunstvoll arrangiertem Wurzelwerk. Ein Schild am Eingang mahnt zur Stille.

Ich bin überrascht, hier das Gotteslob sowie Kniebänke vorzufinden, aber tatsächlich ist und war die Eigentümerfamilie des Schlosses katholisch: In Ostfriesland eine Seltenheit. Aber auch für die Öffentlichkeit kann die Kapelle für Trauungen oder Trauerfeiern genutzt werden. Freilich eher von Menschen mit wenig Anhang, denn mehr als ein Dutzend Menschen passt kaum hinein.

Ich schlage ein Kreuz und knie mich auf die hellgrauen, weich gepolsterten Bänke. Außer mir ist niemand da und so genieße ich kostbare Momente der Andacht vor einem schlichten, aber Wärme ausstrahlenden Altar unter einer leicht schiefen, weißgrauen Kuppel. Etwas schief hängen auch die Kerzen in ihren Halterungen; auf der Altarstufe steht ein Strauß frischer Blumen.

Ich mag die Kapelle: Sie vertrömt die Geborgenheit eines abgeliebten Kuscheltieres, auch wenn dieses Bild vielleicht ungehörig klingt. Aber ich spüre, dass man hier gut zur Ruhe kommen kann. Und nach Hause.

Wie sehr dieser Eindruck passt, wird mir erst später klar werden.

Die Abfahrzeit des Busses rückt näher. Quasi im Sprint eile ich durch die wichtigsten Areale des Parks, immer wieder ausgebremst von meinem fotografischen Auge, das unbedingt noch diesen und jenen Winkel mitnehmen möchte. Und in einem Bereich mit besonders vielen Nadelbäumen, riesigen Lärchen und Zypressen, kann ich einfach nicht anders als verweilen. Wie lange ich keinen Waldboden mehr unter den Füßen hatte! Fast hatte ich vergessen, wie federnd-weich man auf einem dicken Polster aus Lärchennadeln und -zapfen läuft! Ich wippe ein wenig darauf herum und lasse gleichzeitig den Blick die Stämme emporgleiten, hinauf zu den hellgrünen Kronen. Zwischen den braunen Ästen im lichtundurchdringlichen Teil der Bäume glänzen Spinnweben.

Sofort zücke ich das Smartphone, um zu recherchieren, ob ich nicht einen Bus später nehmen kann. Leider geht es nicht. Und nun rennt die Zeit wirklich.

Ein letztes Abbremsen im Westteil des Parks: Ein großes Schild weist auf einen „Begräbniswald", der in diesem Areal liegt, und listet Verhaltensregeln dafür auf. Um das Schild herum tanzen Schmetterlinge. Ich schaue zu den Bäumen:

Das sind Gräber? Augenblicklich bin ich so fasziniert wie begeistert, denn bis zum Abschnitt „Begräbniswald" war ich zuvor auch im Parkführer nicht gedrungen. Und diese Entdeckung hätte ich wirklich nicht erwartet. Schnell reiße ich einen Flyer aus dem angehängten Plexiglaskasten: Darüber möchte ich mehr wissen!

Vor den Busfenstern entfaltet sich erneut die Fülle des Lebens in allen leuchtenden Farben. Urlauber auf dem Weg zu den Fähranlegern Benslersiel und Harlesiel plappern fröhlich in den Sitzreihen ringsum, planen Strandbesuche und Essen. Ich ziehe den Flyer aus der Tasche. Will ich mich jetzt wirklich mit dem Tod beschäftigen? Werden mich meine Freunde nicht für akut depressiv halten, wenn ich davon erzähle? Aber ich bin es nicht, und wann sollte man sich denn sonst mit dem Tod beschäftigen, wenn nicht auf dem Zenit seines Lebens? Die Hälfte ist rum, sage ich mir. Und niemand weiß, was noch bleibt.
Freilich: Mich mit meinem eigenen Ableben zu beschäftigen, macht mir nichts aus. Zumal ich mir, da Nachkommen- und Ehepartnerlos, zwangsläufig selbst Gedanken ums Wo und Wie machen muss, wenn ich kein DIN-genormtes Sozialbegräbnis haben möchte. Ich bin nicht immer in der Lage, mir über das Wie des Sterbens Gedanken zu machen oder gar über das, was nach dem Tode kommt oder auch nicht, auch wenn ich mir da als Christ vielleicht sicherer sein sollte. Aber über die Beerdigung? Bittesehr.

Indes fällt es mir schwer, andere davon sprechen zu hören. Insbesondere Nahestehende. Ich weiß, dass es wichtig wäre, beispielsweise die Eltern zu fragen, was sie sich für einen Abschied von der Welt wünschen, aber ich habe das noch nie fertiggebracht. Man will ja nichts heraufbeschwören. Und ja, ich verdränge auch den Gedanken daran. Nach dem Motto: Wenn ich ausblende, das Eltern sterben, tun sie es auch nicht. Aber so wird das nicht sein. In sehr vielen Todesanzeigen sind die Leute schon jetzt jünger als meine Eltern, und es zerreißt mir bei jedem und jeder das Herz.

Die Tage sprach mich mein Vater auf mein potentielles Erbe an, aber so schön ich das Haus auch finde: Wenn das Eigentum daran an seinen Tod geknüpft ist, will ich es nicht haben. Und nicht einmal daran denken.

„Ich werde es nicht verkaufen" — dieses Versprechen zumindest konnte ich geben: Das Haus wird länger leben als wir alle, so Gott will.

Kein Gentrifizierungsbagger wird das Haus im Berliner Nordosten zugunsten irgendeines neumodischen Einheitsklotzes zerreißen, keine Abrissbirne die doppelglasigen Fenster zertrümmern, aus denen auf einem Foto von 1928 mein Urgroßvater schaut. Letzterer liegt keine 600 Meter vom Haus entfernt beerdigt: Und so schließt er sich wieder, der vielbesungene „Circle of Life".

Nun also, der Friedwald in Lütetsburg mit seiner heimeligen, katholischen Kapelle. Wenn Langeoog die Insel fürs Leben ist, denke ich, warum sollte sie zwangsläufig auch die Insel fürs Sterben sein? Natürlich möchten die meisten Menschen dort beerdigt werden, wo sie — zumindest in summa — glücklich waren, wo ihr Zuhause war. Ich hege keinen Zweifel daran, dass dieser Platz Langeoog ist. Aber will ich auf den Dünenfriedhof, wo sommers Heerscharen lärmender Touristen zu Lale Andersen pilgern, wo Menschen picknicken und mit Fahrrädern herumsausen, jede Friedhofsordnung missachtend? Will ich eines dieser mitleiderregenden Gräber werden, um die sich sichtbar niemand mehr kümmert? Und eine Seebestattung? Schön, aber viel zu teuer. Der Wald, denke ich, ist eine gute Idee. Man kann sich sogar den Baum aussuchen, unter dem man bestattet wird, mit Namensplakette oder ohne. Und niemand sieht, ob man noch Angehörige hat oder nicht, ob man den Leuten egal ist oder nicht, weil diese Gräber per se nicht geschmückt werden. Im Friedwald gibt es keine Beliebtheitswettbewerbe mehr. Nicht, dass die einem nach dem Tode nicht ohnehin egal wären — aber man kann ja nie wissen.

Die dem Flyer beigelegte Postkarte mit der Bitte um „mehr Informationen" fülle ich aus. Nach dem Baumaussuchen könnte man doch auch im Schlossparkcafé etwas Leckeres genießen oder auf dem benachbarten Golfplatz eine Partie spielen, wirbt die Postkarte. Fast muss ich darüber lachen. Aber muss der Tod auch immer todernst sein? Die Karte ist auch nicht schwarz, stelle ich überdies fest: Es ist ein sattes Tannengrün.

Als ich danach den Kopf hebe, um erneut aus dem Busfenster zu sehen, fühle ich mich selten lebendig.

Herzensgeiz

„Leider sprechen hier viele Wirte kein Deutsch und sind frech. Ich gebe sonst gern, aber jetzt nicht mehr." — Das steht im Fürbittbuch unserer Kirche; ich musste dreimal zurückblättern und nachlesen, aber es ist das Fürbittbuch, ganz sicher. Und diese beiden Sätze finden sich zwischen Dankesgebeten und herzzerreißenden Appellen wie „Liber guter Got, bitte mach die Omi gesunt" in krakeliger Kinderschrift, einem „Herr, bitte pass mir auf meinen lieben Günther auf, ich vermisse ihn so sehr" in der Schrift einer Dame, der man das zu Schulzeiten erlernte Sütterlin noch ansieht, oder „Heilige Maria, bitte gib mir Kraft für die Chemo."

Nun also diese eigenartige, nicht einmal an Gott, Maria oder einen Heiligen adressierte Beschwerde. Ich drehe und wende die Motivation des Schreibenden in meinem Hirn, aber ich kann damit einfach nichts anfangen. Wusste dieser Mensch nicht, was ein Fürbittbuch ist? Was will dieser Mensch von Gott? Absolution für seinen Geiz? Für seine Ungeduld mit Menschen, deren Muttersprache kein Deutsch ist? Oder einfach nur Nörgeln?

Unweigerlich denke ich an meine Leidensjahre in der Gastronomie hier auf Langeoog zurück. Ich kenne diese Sorte Gast. Mit der Frage (eher: anmaßenden Unterstellung) „Sie wollen doch Trinkgeld" wurde ein Sermon an Sonderwünschen eingeleitet, gerne in breitestem Dialekt und in verschwurbelster Grammatik, garniert mit im Rohr krepierenden Zoten, Witzchen und Anspielungen, sodass man als Muttersprachler schon kaum hinterherkam. Parierte man dann nicht binnen Nanosekunden mit zuckersüßenstem Lächeln und „Jawohl, sehr, sehr gerne", weil man den Sermon im Hirn erst aufdröseln und überdies die einleitende Demütigung mit der unterstellten Trinkgeldgeilheit verdauen musste, schoss einem sofort ein speichelsprühendes „SIE KÖNNEN WOHL KEIN DEUTSCH?????!!!!!" entgegen.
Mit einem ostpreußischen Namen auf dem ans Revers gehefteten Schild konnte man dann manchmal so tun, als verstünde man wirklich nicht und den Gast an KollegInnen verweisen, die das Pech hatten, Müllermeierschmitz zu heißen.

Wo sollte man bei solchen Leuten auch anfangen? Ihnen erklären, dass das Trinkgeld eh in einen großen Topf kommt, den man am Ende einer brutal langen Schicht mit der Küche und allen Angestellten teilt, wo's dann vielleicht für ein Eishörnchen für jeden reicht, sofern es nicht gleich die Geschäftsführung einsackt? Es besteht kein Rechtsanspruch auf Trinkgeld, und versteuern muss man das Eishörnchen übrigens auch noch. Soviel dazu.

Und kann man solchen Leuten erklären, dass sie einen wie Prostituierte behandeln, wenn sie meinen, alles mit einem machen zu können, nur weil sie einem „16,90? Ach, machen Sie mal 17" oder abgezählte 20 Cent neben der Kaffeetasse in Aussicht stellen?

In der Gastronomie arbeiten Menschen. Keine Esel, die die Peitsche auf ihrem Arsch nicht mehr spüren, nur, weil man ihnen eine Möhre vors Maul hängt.

Niemand muss Trinkgeld geben. Aber nur, weil man die „Macht" dazu hat, dies zu tun oder zu lassen, muss man sich nicht aufspielen, als hätte man die Servicekraft zusammen mit dem billigen Schnitzel gekauft und ihre Würde dazu.

Leider erreicht man solche Leute in der Regel auch nicht damit, dass man sie darüber aufklärt, was für Zumutungen Menschen in dieser Branche für um die 1000 Euro netto — seitens Gästen, Vorgesetzten, KollegInnen — über sich ergehen lassen müssen: Von sexueller Belästigung und Übergriffigkeiten, maßlosen Forderungen und Cholerik, Gewaltandrohungen, Mobbing und Diskriminierung über die unmenschlichen Arbeitszeiten in der Hochsaison, wenn es Krankheits- und sonstige Ausfälle zu kompensieren gilt bis hin zu den alltäglichen Ekelhaftigkeiten wie vollgeschissenen Zimmern oder unter die Frühstückstische geklebten Popeln.

Man möge mir die drastische Schilderung verzeihen: Aber so war es.

Indes, wieviel Mitgefühl es dafür seitens der Gäste gibt, illustriert wohl am Besten das Erlebnis, in dem ein wohlsituierter Herr seinen Enkel bei der Hand nahm, ungeniert auf mich zeigte und laut sagte: „Siehst du, deswegen ist es wichtig, dass du in der Schule was lernst. Dann musst du nicht so einen Job machen." Wer ihm dann von früh bis spät seine Sonderwünsche erfüllt, wenn keiner mehr „so einen Job macht", fragte ich aber lieber nicht.

Vermutlich erzählt jener Herr, wenn er das nächste Mal sein Wahl-Kreuzchen bei irgendeinem wirtschaftsliberalen Haifischbecken macht, aber zugleich, dass, wer Arbeit will, gefälligst nehmen soll was da ist bzw. wozu das Arbeitsamt ihn zwingt und nicht herumjaulen, nur weil er irgendwann mal was anderes gelernt hat.

Aber kommen wir zurück zum Fürbittbuchschreiber.

„Sind frech" ist in sehr vielen Fällen hier ein quid pro quo, und natürlich streitet niemand ab, dass es auch im Servicebereich ausgemachte Arschlöcher m/w gibt. (Ansonsten würden sich in diesen Betrieben ja auch nicht die Fälle von Mobbing, Denunziation etc. häufen.) Wird zugleich aber das mangelhafte Deutsch kritisiert, so wage ich anzudeuten, dass man sich in einer Fremdsprache oft zunächst rustikaler ausdrückt als beabsichtigt, denn um irgendwelche Zwischentöne und diplomatischen Andeutungen in einen Satz flechten zu können, muss man die Sprache schon sehr gut beherrschen. Auch kulturelle Ansprüche an Bescheidenheit spielen eine Rolle.

Ich erinnere einen Fall, wo ich mich als Student im vierten oder fünften Semester Chinesisch entsetzlich blamierte. Ich wurde im privaten Umfeld von einer älteren chinesischen Dame gefragt, ob ich die Sprache spräche. ich antwortete „hai keyi", was „geht so" heißt, in Deutschland meint man damit meist: „Naja, eher so nicht so toll." Für Chinesen war es entsetzliche Angeberei. Das ging mir auf, als ein chinesischstämmiger Kommilitone, in Deutschland geboren, aber des Chinesischen weitaus fließender mächtig als ich, auf dieselbe Frage mit „bu hao" antwortete, was schlicht „nicht gut" bedeutet.

So also kann man sich in Fremdsprachen auch bester Absicht vollkommen zum Obst machen — überflüssig zu erwähnen, dass ich auch nach Abschluss der Auslandssemester in der VR China und Befähigung zur Lektüre der *Renmin Ribao* sowie der gesammelten Werke des Großen Vorsitzenden noch kontinuierlich mit „bu hao" auf die Frage nach dem Stand meiner Chinesischkenntnisse antwortete: Man lernt.

(14 Jahre nach Abschluss des Studiums, ohne je als Ostasienwissenschaftler tätig gewesen zu sein, bin ich überdies bei „bu hui" („kann ich nicht") angelangt — Dies in aller Unbescheidenheit!)

Geduld und ein wohlwollendes Zuhören wären also gerade bei Nicht-Muttersprachlern angezeigt.

Nun will ich das Richten dem Herrgott überlassen, aber mich hat dieser Eintrag im Fürbittbuch doch sehr verstört. Ist unsere Gesellschaft denn nur noch von Neid, Missgunst, Unzufriedenheit, Fordern, Gier und sonstigen Geschwüren des Ichichich zerfressen?

Ist sie nicht; dafür muss man nur die vielen dankbaren und herzensguten Einträge im Fürbittbuch lesen oder sich unter seinen Freunden und in der Familie umsehen. Dennoch macht mir die zunehmende soziale Kälte zu schaffen. Ich nenne das Herzensgeiz.

Von meinen Eltern wurde ich zur Großzügigkeit erzogen: Wir geben gern, auch wenn wir selbst nicht viel haben. Und auch, wenn das oft ausgenutzt wird. Wir geben: Materiell und immateriell. Zeit, Fürsorge, Vertrauen.

Ich liebe verschwenderisch, gebe und vergebe mehr, als mir gut tut. Aber manchmal glaube ich, damit nicht in diese Zeit zu passen, nicht in diese Welt.

Ich habe ein Problem mit Geiz. Irgendwann hatte ich einen krankhaft geizigen Freund, der in Restaurants die Papierservietten in Lagen teilte, davon eine benutzte und die anderen einsteckte, damit er noch hat für später und alles hamsterte, was irgendwo umsonst zu kriegen war. Der einem zuhause das Klopapier rationieren wollte, ebenso wie das Essen: Man sei ja sowieso zu fett. Als ich in einem Urlaub bei brütender Hitze dann vor Hunger in Ohnmacht fiel, war ihm das peinlich, aber nicht wegen seines Geizes, sondern „wegen der Leute", von denen aber immerhin gleich welche angeschossen kamen, mir kaltes Zuckerwasser einflößten und meine Hand tätschelten, während er nur genervt danebenhockte und mir später Aufmerksamkeitssucht unterstellte. Dass dieser Mensch nicht nur materiell (trotz hohen Einkommens), sondern auch emotional geizig war, muss ich wohl nicht eigens erwähnen.

Nach der Trennung von dieser Person litt ich eine Weile an Verschwendungssucht; man muss kein Psychologe sein, um zu wissen, warum. Das hat sich — deo gratias — gelegt, aber ein Erbsenzähler werde ich nie, zumindest nicht, was Geld angeht.

„A gentleman does not even know his bank balance" sagt

Jude Law als Lord Alfred Douglas in der wundervollen Verfilmung von „Oscar Wilde" mit Stephen Fry, und mir geht es meistens genauso. Dutzende verstaubende Haushaltsbücher, bei denen ich nicht über eine Seite hinauskam, singen davon ein einsames Lied.

Die Natur vor meinem Fenster kennt auch keinen Geiz. In verschwenderischer Sommerfülle wogen Dünengras und Felder, eine Freundin erzählt von der üppigen Obsternte in ihrem Garten.
Die Welt bietet jeden Tag so viele Anlässe, um sein Herz zu öffnen. So viele gute Dinge bekommen wir geschenkt: Schönheit, Freundschaft, Gesundheit, Leben.
Es nimmt uns nichts, auch etwas zu geben.

Nachglühen

Die Hitze hält an. Es ist der trockenste Sommer, an den ich mich erinnern kann; nicht nur auf Langeoog. Die Deiche sind braun, ebenso wie die Dünen. Viele Bäume und Sträucher haben schon jetzt ihre Blätter abgeworfen, um zu überleben. Die Dohlen am Strand belauern die Süßwasserduschen in der Hoffnung, herabfallende Tropfen zu erhaschen. Das bisschen Regen, das in den letzten zwei Monaten fiel, reichte nicht einmal für meine Balkonkästen: Täglich leere ich Gießkanne um Gießkanne und fülle das Vogelbad.
Heute verlasse ich erst am Abend das Haus. Meine Haut wehrt sich trotz Sunblocker gegen die Strahlen, es ist fühlbar eine Grenze erreicht, an der ein hellhäutiger Mensch wie ich drinnen bleiben sollte.
Unglaublich, dass sich im März noch Eisschollen am

Strand türmten, denke ich, während das Festland, auf das ich von Tjard-sin-Utkiek aus schaue, in der warmen Luft flimmert. Auf der anderen Seite ergießt sich die untergehende Sonne über auflaufende See. Endlich wird es ruhiger am Strand.

Die Saison laugt aus. All das Geschrei, Gewusel, Geklingel. Stau in allen Geschäften, auf allen Straßen; kaum ein Restaurantbesuch, den man ohne Reservierung unternehmen könnte. Die Insel ist voll und lauter und lauter wird die Sehnsucht nach stilleren Zeiten, nach Herbst.

Die Natur nährt diese Sehnsucht. Auf den verbrannten Flanken der Braundünen breitet sich seit ein paar Tagen ein dunkelgrüner Teppich aus: Heide und Moosbeeren. Der Sanddorn reift. Aus ihrem Dorngeäst leuchten flammend rote Hagebutten, die Blätter zum Teil schon in herbstlichem Gelb; andere, an Schattenplätzen, stehen noch im satten Grün des weniger heißen Frühsommers.

Es ist eine seltsame Zwischenzeit.

Zwischen zwei Jahreszeiten. Zwischen Beruf und Berufung. Zwischen Liebe und Loslassen. Ein fortwährendes Jonglieren mit Wissen und Wahrheit, mit Möglichkeit und Machbarkeit, mit Traum und Tatsachen.

Hier Chaos, dort Klarheit. Es wird Zeit für eine Pause.

An diesem Abend fühle ich mich allein. Das kommt selten vor, und keinesfalls darf man dieses „allein" mit einsam geichsetzen, aber ich denke an den Mann, der vor wenigen Tagen noch hier war, und dass es schöner wäre, allein durch seine Anwesenheit nicht so viel nachdenken zu müssen.

Ich weiß noch nicht, was mir dieser Mensch bedeutet, aber er bringt Ruhe in all den Aufruhr, und was könnte mir jemand Besseres bringen zu dieser Zeit?

Die Wellen sind heute besonders schön. Sie rollen groß und sanft zugleich an den Strand, kraftvoll wie ein Arm, der einen hält.

Natürlich: Ich kann ihm ein Bild von den Wellen schicken. Ich kann ihm Worte schicken: Schau mal, wie schön. Ich kann versuchen, die Farbe des Meeres in Worte zu fassen. Ich könnte aber auch einfach die Reflektion der Abendsee in seinen Augen sehen. Dann bräuchte ich gar nichts sagen und gar nichts tun. Dann müssten wir einfach nur in die gleiche Richtung sehen, und er wüsste, was ich meine.
Es ist ein eine noch fremde Nähe zwischen uns. Er wohnt nicht allzuweit weg, also wird er wohl bald wieder hier sein. Geduldig und langmütig ist er; er ist so anders als der, der fortging, als noch das Eis am Strand lag. Indes: Diesen liebten wir einst beide. Und ich weiß nicht, ob es als gemeinsame Basis reicht, dass einem einst derselbe Mann das Herz brach. Es gibt viel zum Nachdenken dieser Tage.

Die kommende, stille Zeit des Herbstes liegt als Hoffnungsschimmer in Sichtweite wie der verglimmende Sonnenrest am Horizont. Die Nacht verschafft Abkühlung. In dem verglühenden Sonnenstreifen schimmert schwach die Erinnerung an warme Nächte und Hände, die Geborgenheit eines Strandkorbs. Ich wusste schon gar nicht mehr, wie das geht. Doch wo verläuft er, der schmale Grat zwischen Sinnlichkeit und Sünde? Ich weiß nicht, ob ich es will, das stetige Austarieren, das Abwägen zwischen Zuneigung und Leichtsinn. Soll ich es zulassen, soll ich es aufgeben? Ist uns nicht anderes bestimmt, das doch ein Lossagen verlangt?
Aber jetzt ist noch keine Zeit für Antworten: Noch ist nicht Herbst. Und der Sommer ist noch nicht vorbei.

Siedlung

Nach dem Gewitter kommt langsam wieder Leben über das Land. Im Vorgarten durchbrechen grüne Halme die vormals verbrannte Erde; drei weiße Schmetterlinge jagen sich über den sonnengelben Blütendolden des Rainfarns, auf dem noch, Glasperlen gleich, letzte Regentropfen schimmern.
Noch ist der Himmel verhangen, aber es wird nicht lange dauern, bis das Licht das Wolkengrau verdrängt. Eine erste Ahnung von Blau ist schon zu sehen.

Ich gehe zum Strand. Die Luft ist mild. Außer mir ist niemand dort, die Menschen sind fort. Denn obwohl die Insel zurzeit vor Leuten überquillt, haben mit Einsetzen des Regens alle fluchtartig ihre gestreiften Trutzburgen der Strandkörbe verlassen und das Meer an Strandzelten und Campingsesseln eingeklappt. Was bleibt? Eine seltsam anmutende Siedlung, die für mich eine Menge über den Status Quo der Gesellschaft aussagt.

Denn zum ersten Mal wird mir bewusst, wie viele der Strandkörbe mit einem kleinen, künstlich angelegten Wall umgeben sind; hinzu kommen jene, welche mit Wäscheleinen, Gittern, Fahrradschlössern für die Dauer der Miete abgesperrt wurden, Territorialanspruch und exklusive Nutzungsrechte in die Welt schreiend.
An Stellen, wo nur wenige Menschen hinkommen, ist der Sand glatt und eben. Eine Fläche, die im technischen Sinne „egal" ist, aber auch im übertragenen Sinne: Der See ist es egal, wer dort entlang läuft. König oder Bettler, Papst oder Politiker, Angestellter oder Aufsichtsrat. Gleichermaßen werden die Fußspuren mit der nächsten Welle eingeebnet:

Egalisiert.

Nicht so, wo der Mensch den Strand sein eigen meint und ihn zur Sommerfreude okkupiert. Wie sehr zeigt sich hier das menschliche Bedürfnis, sich Land und Dinge Untertan zu machen und sich, wiewohl süchtig nach Gesellschaft, stets über andere zu erheben oder sich von ihnen abzugrenzen; am liebsten im Rudel, verschanzt hinter der vermeintlichen Macht der Gruppe und/oder ein paar reißenden Leitwölf_innen:

Wir gegen Die.

Indes: Dass die lauteste Mehrheit nicht zwingend Recht hat, sollten wir in unserem Land seit spätestens 70 Jahren wissen.

Mir ist das nicht geheuer, jetzt, wo ich all diese Festungen dort verwaist vor mir sehe. Ich übersteige einen der Wälle und setze mich in einen der Strandkörbe — Hausbesetzung leicht gemacht.

Mein Hang zum Subversiven, schon früher Gegenstand der Verzweiflung beim Lehrkörper meiner Jugend, ist offenkundig nicht totzukriegen. Ich akzeptiere Dinge nicht, weil sie nunmal so sind oder immer so waren, sondern weil sie mir einleuchten. Weil sie logisch sind und im Idealfall auch gut.

Und was mir nicht einleuchtet, hinterfrage ich. Geht so nicht eigentlich mündiges Bürgertum?

Etwas ratlos blicke ich zurück und frage mich, warum für viele auch der Grat zwischen Aufmerksamkeit und Auflehnung so schmal ist. Und für viele sind Lösungen so einfach, ach so einfach.

Man kritisiert Missstände auf der Insel? „Ja, dann zieh doch weg." Es kriselt in der Partnerschaft? „Ja, dann trennt euch doch." Es kommen Herausforderungen auf Europa zu? „Grenzen dicht." Man hadert mit ein paar Details römisch-katholischen Kirchenrechts? „Das hast du doch von Anfang an gewusst." Beliebte Varianten sind auch: „Hab ich gleich gesagt" und „War doch klar, dass das schwierig wird." — Als ob Stillhalten und -sein oder gar Flucht je ein System verändert, je eine Gesellschaft vorangebracht hätten!

Auch ist es ein Trugschluss zu glauben, ein leichtes, einfaches Leben sei automatisch ein glückliches oder zufriedenes. Glück braucht so viel mehr als das geringstmöglichse Maß an Reibung: Oft braucht es sogar das Gegenteil davon.

Wann, frage ich mich, ist den Leuten eigentlich der Kampfgeist flöten gegangen, das Eintreten für das, was man liebt, und das, was einem wichtig ist? Warum geht „guter Rat" zunehmend nur noch in Richtung Duckmäusertum oder Kapitulation? Was bitte, ändert sich vom Schweigen und Aufgeben? Was vom passivem Verharren, was von der Flucht in Was-auch-immer?

Wo, frage ich mich, ist der Wille, die Veränderung zu sein, die man sich wünscht? Muss man denn wirklich immer erst auf „die anderen" warten, wie in der Schule, als man sich erst aufzuzeigen traute, wenn es auch ein anderer machte, damit man nicht als Streber galt, als vorschnell, als besserwisserisch?

Wird denn wirklich nur noch aufgestanden, um sein für alles andere blind machende ICHICHICH gegen ein ominöses „DIE DA" zu verteidigen?

Wobei ich mit dem ICHICHICH das herrische Gebaren vieler gesellschaftlicher Gruppierungen — von Aktivismus bis Politik — oder (um auf den Mikrokosmos „Tourismus

auf Langeoog" zurückzukommen) auch das etlicher Klein-
gruppen und Paare einschließe. Diese Menschen mögen
alle naselang in der „Wir"-Form sprechen: Von Gemeinschaft haben sie trotzdem nichts verstanden.

Nun also, die Strandkörbe. Eigentlich ein schönes Bild am
Strand, aber mit diesen unzähligen Festungswällen drumherum auch ein trauriges Bild. Ich mache ein Foto davon
und nenne es „die Einsamkeit der Strandkörbe"; es ist das
trostlosesete Motiv, das ich je auf der Insel fand.
Der Himmel reißt auf; in Kürze werden Strand und Bur-
gen wieder belebt sein. Dann verläuft sich der Exklusivi-
tätsanspruch, weil überall Kinder und Hunde herumwu-
seln und es sich nicht vermeiden lässt, dass auch Utensilien
in den „Vorgärten" der anderen landen oder ab und zu
einer hindurchlatscht.
Vielleicht, und nur das rettet meinen Glauben an die
Menschheit, sammelt auch jemand aus der Nachbarburg
mal einen fremden Ball auf und gibt ihn zurück mit einem
Lächeln oder jemand leiht einer fremden Familie etwas.
Vielleicht gibt es dann ab und zu auch eine Gemeinschaft
unter Fremden, für mich das Ideal von Gemeinschaft.
Es ist zu leicht, sich in seinem eigenen Mikrokosmos ein-
zusperren und abzuriegeln, zunehmend unerreichbar für
Milde, Nachsicht, Bildung und Menschlichkeit.

Auch das beobachte ich als beunruhigenden Trend: Die
Menschen scheinen mir immer härter und unbarmherzi-
ger gegenüber anderen, aber im Inneren zunehmend ver-
weichlicht. Wo geht eine Gesellschaft hin, frage ich mich,
wo Schmeichelei, Heuchelei, Opportunismus und Anpas-
sung, in ihrer kriecherischsten Form, als Tugend gefeiert
werden? Wo Kinder von klein auf auf „Markttauglichkeit"

gedrillt werden, bei gleichzeitiger gravierender Überbehütung? Wo „Freundschaft" wie eine Aktie gehandelt wird, wo der Mut zur eigenen Meinung oder gar zur Veränderung gleich als Querulantentum gilt?

Auf der anderen Seite werden ekelerregende Ausprägungen menschlicher Kälte immer salonfähiger: Bösartigkeit und Häme, wohin man blickt. In den Sozialen Medien wird das besonders deutlich. Menschen sterben: Haha-Emoticon. Frau wird vergewaltigt: Haha-Emoticon. Menschen fordern Menschenrechte: Haha. Menschen krebsen am Existenzminumum: Haha. Menschen sagen ehrlich ihre Meinung: Haha. Natürlich ohne konstruktive Gegenrede — man kommt heutzutage ja wunderbar ohne die Anstrengung des Denkens aus, wenn man stattdessen doch genauso gleich persönlich werden kann.

Eine Frau beschwert sich über Sexismus: „Alte sei froh, wenn dich überhaupt noch einer anpackt". Ein Krankenpfleger klagt über Arbeitsbelastung? „Wenn du in der Schule nicht versagt hättest, hättest du jetzt einen anderen Job und bräuchtest nicht jammern". Gern auch abgekürzt zu „Mimimi": Die Infantilisierung der Welt. Noch so eine Seuche, aber ich will nicht abschweifen.

Was ich am meisten vermisse, sind wohl zwei Tugenden, die man, so finde ich, gar nicht hoch genug achten kann: Demut und Dankbarkeit.

Demut und Dankbarkeit gegenüber der Schöpfung, gegenüber dem, was man hat, gegenüber der Gnade des Leben-Dürfens. Es gibt so viel, das nicht selbstverständlich ist. Aber um das zu entdecken, muss man bereit sein, seine Festung, sein Rudel zu verlassen und sich den Dingen — und Menschen — stellen.

Und es lohnt sich, auch immer wieder neu hinzusehen,

den Dingen und Menschen einen zweiten, dritten, vierten Blick zu schenken, anstatt schon nach einem halben die Schubladen zuzuknallen und seine Meinung als gesetzt anzusehen. Überall bieten sich Neuanfänge und Perspektiven, auch und gerade jenseits zubetonierter Pfade.

Der Himmel über Langeoog macht das aufs Schönste vor: Steht über dem Meer noch eine schwarzgraue Gewitterwand, so zeigt sich über den Dünen bereits der erste, goldene Schimmer von Sonnenlicht. Wenn man sich ein Stück vorlehnt in seinem Strandkorb und um sich blickt, sieht man das. Guckt man stur geradeaus, ist da nur das Gewitter.

Drama

Und dann war es plötzlich wieder da, an einem dunstigen, gewittrig-feuchten Spätsommertag. Es sprang einen an wie ein irgendwo im Gesträuch lauerndes Tier, wild und gnadenlos, während sich eine riesige Gewitterwolke über dem Strand ballte, der bis vor wenigen Minuten noch zartblau überdacht worden war.
Ich fühlte das Wegreißen des dünnen Schorfs wie durch einen kurzen Krallenhieb, zu schnell für irgendeine Reaktion; zu plötzlich, um gleich zu schmerzen.
Der warme Regen fiel in ersten, dicken Tropfen. Weich, süß. Das Blut rann warm und zäh.
Ich saß im Strandkorb und vermisste.

So lange nun schwieg er schon. Aber egal, wie unsere Freundschaft endete, dachte ich, während der Himmel auf den Sand weinte, du warst der beste Freund, den ich je hatte.

Ich dachte an seine treuen braunen Augen und daran, dass er mir nie das Gefühl gegeben hatte, irgendeine Mitleidsnummer zu sein oder ein Zeitvertreib. Und auch wenn wir gleichermaßen eloquent waren, gleichermaßen belesen, herrschte nie irgendein Wettbewerb zwischen uns. Im Gegenteil: Wir schenkten uns gegenseitig Worte wie andere Menschen sich Pralinen, Tausende von Seiten lang. Mehr als zwei Jahre lang. Jeden Tag.

Und nun war da diese Stille und dieses Band, das nicht riss. Seine Bücher in meinem Regal und die schöne Postkarte, die ich noch immer als Lesezeichen benutzte.

Doch mit dem Nachlassen des Regens verschwand auch das Vermissen. In kurzer, heftiger Anflug von Traurigkeit, dann war es wieder vorbei.

Er hat so viele Meere gesehen, denke ich, als ich mich aus dem Strandkorb erhebe, was nützt es, dass ich nun auf das meine starre und an ihn denke, immer noch. Mein Meer war grau und langweilig, als wir zum letzten Mal zusammen darauf sahen, gefühlte Äonen her. Sein Hund trottete durch den Flutsaum, roch hier und da an einem Krebs. Er ging als Fremder.

„Das ist die Liebe der Matrosen" summt mir irgendeine zynische Stimme den alten Schlager ins Ohr. Und dass man es hätte gleich wissen können. Dass dieses wie auch immer geartete Verhältnis gar nicht erst hätte sein dürfen. Dass Kunst noch lange keinen Alltag macht. Aber was wäre das Dasein ohne Kunst, ohne Menschen, mit denen man sich Gedichte schicken kann; Menschen für die die See eben nicht nur eine große Ansammlung von Wasser ist.

Er hatte das Meer in seiner Seele und war ihm in so vielen

Dingen gleich: Unberechenbar, nicht zu greifen, punktuell überraschend kalt. Und dann wieder so tief und unergründlich, so heimatgebend und so schön. Eine Welt, die es sich immer wieder zu entdecken lohnte, gerade weil ich wusste: Ich werde nie fertig damit.

Nach dem Schauer bricht wieder Sonnenlicht durch die Wolken, die jetzt wieder strahlendweiß sind und in harmlose, kleine Flöckchen zerfallen. Die Menschen öffnen ihre Jacken und verlassen den Schutz ihrer Strandzelte. Am Horizont kreuzt ein Schiff der Küstenwache. Das Gefühl verweht, aber ich weiß, dass es mich noch eine Weile umfloren wird wie ein Trauerkranz. Es ist schwer, aufzugeben.

Zu schnell ist alles Vergangenheit. Die Zeit heilt, sagt man, aber ich glaube nicht, dass das auf Liebe oder auch nur auf eine innige Zuneigung zutrifft. Warum sonst sollte man sich in der Kirche ein „Für immer" versprechen, in guten und in schlechten Tagen, bis das der Tod uns scheidet? Ich glaube an diese Ewigkeit. Ich glaube daran, dass es ein „Für immer" geben kann, auch wenn es nur selten von gegenseitiger Dauer ist.

Und dann ist da immer einer, der zurück bleibt mit seinem Teil von Ewigkeit und nicht weiß, wie er das abkürzen soll. „Gott, hilf mir tragen" betet man dann vor dem eisernen Kerzenständer unter den Blicken der Gottesmutter, dem Kerzenständer, an dem man so viele Lichter für ihn entzündete. Das Kerzenlicht leuchtet weich und warm wie der Regen; wie die Umarmung, mit der sie das Jesuskind hält.
Und man hofft, dass der HERR endlich die Welle schickt, welche dieses unnütz gewordene Gefühl der Ewigkeit des

Meeres übergibt und einem das Herz, sauber gewaschen, mit sanfter Dünung zurück ans Ufer legt.

Worte

„Es sind so viele Worte in mir, dass ich nicht mehr sprechen kann", schreibt ein Freund, der an einer chronifizierten Depression leidet und zurzeit leider erneut eine Episode durchmacht. Ich weiß genau, was er meint.
Auch mir scheint es zunehmend, als bestünde die Welt nur noch aus Schweigen oder Geschwätz.
Dabei meine ich natürlich keine heilsame, andächtige Form der Stille; nicht die Ruhe, zu der man sich zuweilen zwingen muss, um überhaupt noch etwas hören zu können. Es ist vielmehr ein destruktives Schweigen gemeint, ein feiges Schweigen oder ein Weghören.
Und das Geschwätz? Auch Prosa ist lediglich zu Papier gebrachtes Geschwätz, mögen kritische Geister hier anmerken, und das nicht zu Unrecht. Aber wenigstens behelligt man niemanden damit, der es nicht will: Bücher und Zeitungen lassen sich zuschlagen, wenn sie nerven, oder, wenn sie auch sonst nutzlos scheinen, wenigstens noch zum Zuschlagen benutzen, um damit wiederum Mücken und anderes Getier zum Schweigen zu bringen.

Wer in der Natur Ruhe sucht, kennt das: Man steht am Dünenrand, die Aufmerksamkeit auf den wundervollen Gesang eines kleinen Vogels gerichtet, der, auf einem Busch thronend, ein Konzert gibt. Oder man zoomt in ehrfürchtigem Staunen soeben einen Schmetterling heran, der seine kleinen Kunstwerke von Flügeln auf einer Blüte ausbreitet. Und dann poltert eine Gruppe heran und quillt lärmend über den schmalen Pfad, auf dem man sich gerade noch eins mit der Schöpfung in balsamischem Frieden wähnte. Der Vogel ist weg, der Schmetterling und die Ruhe ebenso. Dafür leeres Geplapper, oft von so einer eindrucksvollen Sinnlosigkeit, dass die Vermutung naheliegt, dass dieses Erzeugen von Tönen („Gespräch" möchte ich gar nicht nennen, was ich da zu hören bekomme) einzig dem Zweck dient, Stille zu vernichten, Anwesenheit zu demonstrieren sowie dem Einnehmen und Beherrschen des Raumes.

Manchmal wundern sich Menschen, dass ich nicht gern rede, dass mir Smalltalk zuwider ist. Aber wie sollte man nicht süchtig nach Stille werden, nach der Reduktion von Konversation auf ihre Essenz, wenn man pausenlos mit Worten zugeschüttet wird, zusätzlich zu all dem Lärm der — und damit zurück zu den Worten des Freundes — ohnehin schon im Inneren herrscht? Auch meiner Seele und meinem Herzen würde ich zuweilen gerne harsch das Geschwätz verbieten, da bin ich durchaus nicht nur gegenüber anderen rabiat.
Entspannungsübungen, Achtsamkeit, Meditation von A-Z, Yoga, Jacobsen, Autogenes Training, Beten: All das hat man durch. Aber manchmal hilft nichts von alledem mehr gegen Lärm und Reizüberflutung und man kapituliert im Wartezimmer des Doktors, um mit einer Schachtel pharmazeutischer Instant-Ruhe in der Hand heimzukehren.

Es ist ein Paradox, dass die Menschheit sich in einer so lauten und geschwätzigen Welt dennoch oftmals gar nichts zu sagen hat; dass die Worte, sonst im Überfluss vorhanden, gerade dort fehlen, wo sie am meisten vonnöten wären. Zumal die Stimmen, die man gern hören würde — zusammengefasst: Die der Vernunft — meist nicht die Lautesten sind.

Auf der anderen Seite dann all das Gebrüll. All dieser laute Hass, diese Kakophonie der Dummheit. Dazu all die Hysterie und enervierende Opfermentalität, das brachial-aktivistische Verlieren im Klein-Klein, quer durch alle politischen Lager. Während Menschen, denen wirklich Unrecht geschieht, schweigen. Weil ihnen die Worte fehlen, weil sie übertönt werden, weil niemand zuhört, weil sie zum Schweigen gebracht werden.

Dieser Tage sah ich eine Fotografie der Bibliothek des Trinity College in Dublin: Ein Traum, ich möchte dort unbedingt einmal hin. Zugleich macht es mich unendlich traurig, all das gesammelte Wissen der Menschen dort zu sehen, wenn sie ja doch nichts daraus lernen. Und wenn ich in meiner theologischen Literatur Berichte über die Große Kartause finde, erfüllt mich das mitunter mit einem gewissen Neid. Denn obwohl ich vom Worteerzeugen lebe und Bücher seit frühester Kindheit mein Lebenselixier sind, möchte auch ich zuweilen einfach nur noch in das ganz große Schweigen verfallen, alle Leitungen kappen und irgendwo in der Eremitage den Rest meiner Tage verbringen. Still, aber unbeugsam wie ein Schilfrohr; allein empfänglich für das Singen des Windes, die Choräle, die Zwiesprache mit Gott.

Der Abt hört dort einmal am Tag Radio, so las ich, um die Mönche so knapp wie möglich über Vorgänge in der Welt zu informieren, und ansonsten ist Ruhe. Herrlich.

Immerhin: Ein Klosteraufenthalt auf Zeit naht. Bei nicht allzu schweigsamen Mönchen, aber ich habe am Anfang meines Katholikendaseins ja auch noch viele Fragen, also kommt mir das durchaus entgegen. Sprechen, um zu lernen, ist immer gut.

Morgen, so fällt mir beim Blick auf den Kalender auf — er zeigt bereits eine Herbstlaubumrankte Haustür in England — bin ich ein halbes Jahr katholisch. Manchmal kommt es mir vor wie eine Ewigkeit. Manchmal, als sei es gestern gewesen. Ich kann nicht behaupten, dass 2018 bis hierher ein besonders gutes Jahr war, weder privat noch weltpolitisch. Aber zur Kirche gehe ich hier gern. Sie ist schließlich der einzige Ort, an dem man in Gemeinschaft schweigen kann, ohne dafür komisch angesehen zu werden.

Dem Militärpfarrer vom Deutschen Orden, der mich firmte, pfeifen längst wieder in irgendeinem „sicheren Herkunftsland" Gewehrkugeln um den Pileolus. Afghanistan, Mali, was weiß ich.

Im Moment leistet erneut ein Jesuit als Kurpriester bei uns Dienst, und es hat etwas nahezu Rührendes, wie unbeirrt er in friedlosen Zeiten wie diesen von Frieden und Versöhnung predigt, wo einem vor der Kirchentür doch ununterbrochen Unbarmherzigkeit und Unversöhnlichkeit entgegenschlagen und auch die Kirche selbst zurzeit von Kriegen im Inneren zerfleddert wird. Der Pater weiß natürlich um all das und als langjähriger Missionar hat er vermutlich mehr Elend gesehen, als wir uns im relativ wohlstandssatten Deutschland vorstellen können, aber er hält daran fest — offenkundig — dass ein Friede im Inneren möglich ist, und damit auch eine friedlichere Welt. Zum Friedensgruß steigt er die Altarstufen hinab und geht durch die Bänke, bis er auch dem und der Letzten in der Messe „Der Friede sei mit Dir" gesagt und die Hand gegeben hat und ich weiß nicht, ob sein — trotz des ergrauten Hauptes — alterslos-jungenhaftes Gesicht dabei tapfer oder traurig aussieht.

Verlassen

Es ist ein einsamer Moment, wenn man erkennt, dass ein Freund kein Freund mehr ist. Vor einem liegt noch das Bilderbuch sonniger Tage ausgebreitet, alles ist warm, vertraut und schön. Das geteilte Leid, der gemeinsame Zorn, die Freude am Glück des anderen, der Stolz auf dessen Erfolge. Das verständnisvolle Lächeln, wenn er über die Strenge schlug, die Nachsicht und das Vergeben, wenn er Mist machte. Das warme, befreiende Gefühl, wenn auch er vergab. Wenn er einem Kritik nicht nur nicht krumm nahm, sondern sich sogar dafür dankbar zeigte. All das war so lange so selbstverständlich, so einfach. Nie hätte man gedacht, dass es so trostlos enden würde.

Wir hatten doch für alles Worte, denke ich, warum dann nicht für uns selbst?
Verdient nicht auch eine Freundschaft irgendeine Form von „Schlussmachen", mit der sich eben genau das machen lässt: Nämlich Schluss? Schluss mit Grübeln, Nachdenken, dem Drehen und Wenden von Erinnerungen.
Was, in all den Jahren, war nun Lüge, was war Wahrheit? Früher hätte sich diese Frage gar nicht gestellt. Ich war sein Freund, weil ich glaubte, was er sagte.

Und dann steht man da und weiß plötzlich gar nichts mehr. Und es ist nicht einmal die physische Abwesenheit, die nach einem solchen Nicht-Ende am meisten schmerzt. Vielmehr ist mit dem erklärungslosen Verschwinden plötzlich alles in Frage gestellt, weil mit diesem kalten und einsamen Ausblutenlassen der Freundschaft plötzlich auch die Erinnerungen davonfließen, und alles, was man über den anderen zu wissen glaubte. Das Vermissen ist grässlich.

Plötzlich lodert Wut. Über die Chuzpe, mit der er diese Schneise der Verwüstung in den sorgsam gehegten, schönen, dichten Wald unserer Verbundenheit fräste; wie er quasi im Vorbeigehen Geborgenheit und Vertrauen in Trümmer legte, als wischte man Krümel vom Tischtuch. Und was, tobe ich innerlich, macht diesen Menschen eigentlich so sicher, dass ich mich nicht für diesen schnöden Abgang räche?

Die Antwort ist so schlicht wie endgültig: Weil ich sowas nicht mache. Weil für mich Denunzieren das Hinterallerletzte ist. Und weil er das weiß.

Für eine Sekunde bringt das das warme Gefühl der Verbundenheit zurück: Er kennt mich eben doch.

Aber ich könnte, oh wie ich könnte! Schau — in erneutem Aufwallen von Rage fliegen die Finger über die Tasten: Unwürdig. Unreif. Unchristlich. Unverschämt. Unbeherrscht, unverfroren, un-, un-, un- — Nein!

Ungeschehen. Das ist doch eigentlich alles, was ich will. Mach es ungeschehen. Alles auf Anfang. Dorthin, wo der Weg sich gabelte.

Komm zurück.

Mit der Delete-Taste gebe ich dem Blatt seine Unschuld zurück, während ich zusehe, wie sich die Zeilen rückwärts selbst fressen: Undone. Auf facebook kreist der Finger über „Unfriend"; ein entsetzliches neues Verb, dass es dieses Jahr sogar in den Duden schaffte: Entfreunden.

Aber ich kann es nicht. Und ich will auch nicht.

Ich bin dein Freund.

„Ich will diesen Zorn nicht. Ich will der Sünde des Zorns nicht anheimfallen!"

Der Beichtvater nickt. „Der Zorn ist menschlich", sagt er.

„Auch die Rachephantasien. Ich habe sowas auch manchmal", sagt der Mann, der müde an seiner Stola zupft und so gar nichts von einem Choleriker hat. „Jeder hat das. Beten Sie, wenn sie in dieses Gefühl fallen", sagt er, „lesen Sie die Psalmen." „Ich hab ja nichts umgesetzt", ergänze ich leise. „Dann sehe ich keine Sünde", sagt der Pater. Plötzlich kommt es mir dumm vor, damit zur Beichte gegangen zu sein. Und den Einleitungssatz mit der Reue und Demut hatte ich auch vergessen.

„War's das?" fragt der Geistliche schließlich, schon halb von seinem Platz erhoben, als stünde ich in der Bäckerschlange und hätte nicht soeben das Elends-Scrabble meines Herzens vor ihn auf den Tisch geleert. „Glaub schon", sage ich, während ich die Rippen der Heizung fixiere.

Er spricht mich los und ich bin wieder allein mit alledem.

In der Kirche verspricht das schwachrot flackernde Licht die Anwesenheit Gottes. An der Westwand leidet der Heiland an seinem Kreuz.

Es tut weh.

Almosen

Als mich der Omnibus am ZOB Bremen auslädt, geht ein gewaltiger Platzregen auf die Stadt nieder. Ich renne zum Hotel, das ich nah am Bahnhof buchte anstatt, wie sonst, im Herzen der schönen Altstadt. Aber dieses Mal soll es nur für eine Übernachtung sein, mit Weiterfahrt gleich am nächsten Tag und viel Gepäck, also wählte ich die Alternative am Verkehrsknotenpunkt. Es ist ein typisches Ketten-Businesshotel, effizient, aber seelenlos. Immerhin: Ein Tagesticket für den ÖPNV ist im Zimmerpreis enthalten. Sobald der Regen nachlässt, mache ich mich damit auf dem Weg in pittoreskere Gegenden Bremens, denn — wie überall — ist auch in der Hansestadt die Gegend um den Bahnhof kein optisches Juwel.

Fünf Jahre bin ich nun dem Stadtleben entwöhnt, aber die Automatismen aus der Großstadt funktionieren noch: Portemonnaie so dicht wie möglich am Körper verstecken, Kleingeld lose in der Tasche — Für die Schnorrer und für den Fall, dass man sich unterwegs ein Brötchen kauft, einen Fahrschein oder sonst etwas Kleines, für das man keine Scheine oder die EC-Karte hervorholen muss. Und der Schnorrer sind reichlich. Ich kann mich an das Ausmaß des Elends kaum gewöhnen, denn selbst wenn man die mafiös organisierten Bettler abzieht und diejenigen, die aggressiv auftreten, so sind noch immer genügend übrig, die einem wirklich Leid tun oder einen daran erinnern, dass man selbst auch längst einer von ihnen sein könnte, wenn man im Leben nicht so verdammt viel Glück und großzügige Eltern gehabt hätte. Auch heute falle ich nicht zwingend unter „gut situiert", trotz bescheidener Möglichkeiten des Luxus wie dieser Reise, über die ich froh bin. Also kann ich nicht allen etwas geben, und es ist immer schwer, zu entscheiden, wer etwas bekommt und wer nicht.

Schon um 9 Uhr morgens riecht es an der Straßenbahn nach Gras. Ein Typ im Kapuzenpulli schlurft heran. „Ich wünsche Ihnen einen wunderschönen guten Morgen", sagt er, „ich möchte nicht unverschämt sein, aber darf ich Sie vielleicht um ein wenig Kleingeld … " „Ja", sage ich, und drücke ihm irgendwas aus dem gebunkerten Münzvorrat in die Hand, „Ihnen auch einen guten Morgen." Ich versuche, ihm in die Augen zu sehen und zu lächeln, weil ich denke, dass auch das wichtig ist — und außerdem war er ja sehr höflich. Zugleich komme ich mir auf eine unangenehme Weise gönnerhaft dabei vor. Es ist schwer, im Umgang mit Armut alles richtig zu machen.

Ich bin unterwegs zur Messe. An die Probsteikirche ist das Johannisstübchen angeschlossen, eine Anlaufstelle für Wohnungslose und Menschen mit Suchtproblemen. Die geschäftstüchtigeren darunter kennen die Messezeiten und warten davor und danach vor dem Kirchportal auf die Gläubigen, oft zu mehreren. Auch hier gerate ich in den Zwiespalt, dass man nicht allen geben kann, und natürlich sieht man etlichen Personen an, dass sie sich von den milden Gaben nichts zu essen kaufen werden, sondern Sprit oder Stoff. Allerdings bin ich der Ansicht, dass man den Leuten nicht auch noch vorschreiben sollte, wofür sie lausige geschenkte 50 Cent ausgeben, und so mache ich da keine Unterschiede. Ich versuche, vor und nach der Messe jeweils einem anderen Menschen etwas in den hingehaltenen Becher zu werfen, um das Kleingeld wenigstens halbwegs gerecht zu verteilen, aber irgendwen muss man immer leer ausgehen lassen — in der Hoffnung, dass wenigstens jemand anderes etwas gibt.
Einige der festen Gemeindemitglieder von St. Johann scheinen die Menschen vor der Tür schon zu kennen: Einer wird mit Namen begrüßt, ein Schulterklopfen, ein kurzes Aufleuchten im zerfurchten Gesicht, ein zahnloses Lächeln.

Der Priester, der die Werktagsmesse zelebriert, stammt aus Afrika, ich kann seinen Namen nicht aussprechen, er aber dafür gut Deutsch, wenn auch mit putziger Grammatik und deutlichem Akzent: „Die Menschen haben gesagt: Wir mogen dich nicht, du bist eine Zollner. Zollner sind Sunder. Warum, fragst du vielleicht, hat aber Jesus nicht gesagt zu die Zollner: Du bist eine Sunder? Warum hat Jesus gesprochen mit die Zollner?"

Weil Jesus gut ist, die pure, reinste Güte, und weil uns Jesus in jedem hier drinnen und draußen begegnet, denke ich, und dennoch kann man nicht jedem helfen; an irgendwem geht der Kelch immer vorbei oder, besser gesagt: Der Mensch am hingehaltenen Becher. Man muss also Christus im Bruder stehen lassen: Süchtig, hungrig, frierend und allein. Jeden Tag. Ich weiß auch deswegen nicht, ob ich ein Leben in der Stadt nochmals ertrüge.

In Berlin und den anderen Großstädten, in denen ich gelebt hatte, begegnete mir natürlich auch viel Elend, und ich kann nicht sagen, dass ich mich je daran gewöhnt hätte. Auch da tat einem das Ignorierenmüssen zuweilen Leid, aber auch da war es einfach zu viel, jeden Tag in der U-Bahn, am Bahnhof, vorm Supermarkt, auf allen täglichen Wegen.
Natürlich sieht man zugleich ebenso viele, die helfen: mit Gaben und Worten. Die Geld dalassen, Interesse an der Person, ein paar nette Worte, eine Tüte Gebäck, Futter für den Hund, Adressen von Unterkünften und Beratungsstellen. Es fällt schwer, damit umzugehen. Aber die Augen vor dem Elend der Welt zu verschließen und vor den eigenen Gefühlen im Umgang damit, kann auch keine Lösung sein.

Auch auf Langeoog gibt es Armut. Ab und zu sucht auch dort jemand im Abfall nach Pfandflaschen oder steckt seine Kinder notgedrungen in viel zu große oder zu kleine Wintersachen. Dieser Tage outete jemand einen anderen Insulaner im Tonfall klebrigen Mitleids als ALGII-Empfänger; eine Sauerei, wie ich finde — so wie jedes Fremdouten von potentiell stigmatisierenden Umständen eine Sauerei ist —, aber dem Outenden war dies wohl nicht bewusst, also sei es ihm nachgesehen.

Generell wird die Existenz von Armut aber doch eher ausgeblendet und die meisten der Entscheidungsträger im Rat haben wohl nicht einmal realistische Vorstellungen von den Gehältern Langeooger Durchschnittsangestellter in Gastronomie oder Verkauf, geschweige denn davon, wie weit man mit dem Existenzminimum auf der Insel kommt. Auch der Durchschnittsgast auf Langeoog ist, neuesten Erhebungen zufolge, weit überdurchschnittlich wohlhabend. Ich indes möchte aber kein Disneyland für Reiche; es muss auch einen Platz geben für jene, die mit weniger Geld auskommen müssen. Denn ohne jede Konfrontation mit materieller Armut, so finde ich, verarmt man allzuoft im Herzen: An Güte, an Hilfsbereitschaft, an Empathie.

Wenn Langeoog jemandem Heimat ist, der arm ist, so muss die Insel auch für ihn Heimat bleiben können und ein Leben auch mit begrenzten Geldmitteln möglich sein — und zwar ohne ihn zu beschämen, indem man ihn als bedürftig outet und damit (selbst wenn es nicht in böser Absicht geschah) nur den üblichen Dorf-Hyänen Tratschmaterial und Elends-Voyeurismus bietet.

Bremen ist schön. Nach dem Messebesuch und nachdem ich mich halbwegs an die Konfrontation mit dem vielen sichtbaren Leid gewöhnt habe, lasse ich mich treiben. Neben der Armut findet sich dort auch noch viel hanseatische Eleganz, in Menschen wie in Gebäuden. Die Sparkasse auf dem Rathausplatz ist die schönste Sparkasse, die ich kenne; der Apotheker nebenan erläutert soeben zwei Polizeibeamten die Umstände eines Diebstahls. In den Cafés sitzen an diesem Vormittag Menschen in der Sonne und lauschen klassischer Musik; es findet irgendein Festival statt, auf dem Platz ist ein Flügel aufgebaut, daneben spielt jemand Trompete, vor dem Dom St. Petri (der evangelisch ist) macht eine Abschlussklasse mit Doktorhüten, wie sie in den USA gebräuchlich sind, Fotos auf der Treppe. Bremen ist international.

In der Einkaufsstraße werde ich mit meinen eigenen Vorurteilen konfrontiert: Ein Gruppe arabisch aussehender junger Männer zeigt gestikulierend auf eine Baustelle. Ich erwarte im Vorbeigehen ein fremdsprachliches Palaver, bestenfalls mieses Ghettodeutsch, aber als ich die Gruppe passiere, höre ich einen der Männer in akzentfreiem Muttersprachlerdeutsch sagen: „Und hier wird nun ein modernes Gebäudeensemble hochgezogen, das passt doch gar nicht zur historischen Bausubstanz der umliegenden Häuser."
Meine Gedanken sind mir unverzüglich peinlich.
Auch in mir steckt, aller Großstadtjahre zum Trotz, eine Menge Provinz, denke ich beschämt — und offenkundig noch mehr Rassismus, als ich anderen zugestehen würde und obwohl ich mich keinesfalls für rassistisch halte. Erneut merke ich: Ein wenig ehrliche Innenschau, auch zu Tabuthemen, schadet nicht.

Bald muss ich weiter. Die Bahn nach Bochum fährt ab. Die Fahrt ist langweilig, ich kann nicht lesen, weil es rückwärts geht, und so sehe ich eine Menge Landschaft vorm Fenster vorbeiziehen und alten Industriegebäuden aus Backstein beim Verrotten zu. Dass ich diesen Urlaub machen kann, verdanke ich den Almosen anderer Leute.
Acht Tage mit Vollpension werden mich Zisterzienser-mönche beherbergen; als Lohn wollen sie nichts außer „ein

gewisses Interesse am Ordensleben und am Mitfeiern der Gottesdienste"; so die Website.

Als ich ankomme, durchflutet Herbstsonne den hinter dem Kloster gelegenen Wald; ein kleiner, freundlicher Mönch im schwarzweißen Habit nimmt mich großväterlich in seine Obhut.

Ich betrete eine wundervolle kleine, herzerwärmende Welt und es tut wohl, diese Güte zu empfangen. Beim Abendessen denke ich über das Wort „Gnadenbrot" nach, das doch eigentlich ein sehr schönes ist.

Stadtland

Nachem ich den Hühnerhof an der Straßenecke hinter der Klosterausfahrt passiert habe, öffnet sich der Blick über weite Felder. Es ist Herbst. Auf den abgeernteten Schollen staksen Krähen zwischen den goldenen Stoppeln des Korns auf regenfeuchter, tiefbrauner Erde umher. Wie bei uns im Norden die Möwen, sitzen hier Schwärme von Brieftauben zwischen den Krähen auf den Feldern, welche diese als Konkurrenz aber wohl wenig zu schätzen wissen. Jedenfalls gibt es ab und zu Tumult seitens der Krähen, und dann erhebt sich der Taubenschwarm in beeindruckend synchronisiertem Fluge, entweder heimwärts in den Schlag oder um sich an einer anderen Stelle des Feldes niederzulassen. Tauben gehören zum Ruhrgebiet wie Möwen an der See, auch mein Vater war als junger Mann Schriftführer im Taubenverein, Gelsenkirchen Buer-Erle.

Denn so sehr mein Herz am Norden hängt: Auch das hier ist Heimat. Vor mir ragen die Türme der Ruhr-Universität aus dem Tal, eingebettet in eine baumreiche Hügellandschaft. Die Campus-Universität ist kein architektonisches Highlight, aber ich mag sie, weil sie die einzige Universität ist, die ich schon als Kind kannte und folglich all meine kindlichen Berufsträume von einem Leben als Naturforscher daran knüpfte. Wenn wir im Botanischen Garten mit den Eltern spazieren gingen, bewunderte ich beispielsweise die großen erleuchteten Gewächshäuser, in denen Botaniker oder andere Wissenschaftler in weißen Kitteln an geheimnisvollen Dingen forschten. Die gelben „Zutritt nur für Angehörige der RUB"-Schilder vor den Arealen mit den Gewächshäusern bescherten mir dann meinen persönlichen Schrödermoment: „Ich will da rein!" — Das Rütteln am Zaun freilich sparte ich mir.

Studiert habe ich dann letztlich woanders, da die Zusage der RUB erst kam, als ich mich schon nach einer Alternative umgesehen und dort eingeschrieben hatte, aber noch immer ist es auf irgendeine Weise die Universität des Herzens, hässlich hin oder her.

Ich würde den Botanischen Garten gern wiedersehen, denke ich, es ist viel zu lange her. Vermutlich kommt er mir heute winzig und verfallen vor — man idealisiert ja viel von früher — aber sehen möchte ich ihn doch. Jetzt allerdings bleibt nur noch eine Stunde bis zum Mittagsgebet, also biege ich lediglich kurz Richtung Stiepel-Dorf zum Getränkemarkt ab, um mir Cola und Limonade zu kaufen, denn man muss es ja mit der Askese nicht übertreiben im Kloster.

Das frühe Aufstehen um 5:30 Uhr fällt mir nicht leicht, aller frommen Bücher, welche den Wert des Nachtgebets loben, zum Trotz. Aber ich halte es durch und mich wach:

Durch Spaziergänge, stilles Gebet, Lektüre, Kontemplation. Gelegentliche Ausflüge ins Internet und Soziale Medien finden statt, aber auch meist ein jähes Ende, sofern der erste Fall von Häme und Bösartigkeit in den Kommentarspalten zutage tritt: Dies soll mir die heiligen Tage hier nicht vergiften. Auseinandersetzung bis zu einem gewissen Punkt: Durchaus, aber sobald es nicht mehr um Austausch geht, sondern nur um Rechthaben und Runtermachen, bin ich raus.

Darüber, wie man so etwas besser erträgt, lässt sich dann immerhin gut mit den Patres reden, denn auch die sind durchaus am Puls der Zeit und tragen ein Smartphone in der Brusttasche ihres Ordenskleides mit sich herum, wie ich zu meinem leisen Amusement feststellte — wenn auch gut verborgen unter dem darübergebundenen Skapulier.

Notgedrungen denke ich hier viel nach über das, was mich im Leben prägte, über das, was speziell in diesem Jahr passierte, und über die Weggabelung, an der ich mich einmal mehr befinde und über die ich mit Gott und Geistlichen zu verhandeln habe.

Es tut gut, mit der Souveränität des Erwachsenseins noch einmal die Orte der Kindheit zu durchstreifen, dabei beruhigend festzustellen, über wie viele Dinge man nun nicht nur physisch erhaben ist und wie vielen man auf wohltuende Weise in mehrfacher Hinsicht entwuchs. Andere wiederum trägt man als Schatz in seinem Herzen, als Heimat im Inneren.

Auf dem Rückweg zum Kloster werfe ich nochmals einen Blick zurück über die Täler und mir wird klar, was ich an dieser Gegend, die bei vielen nur Grausen und Spott hervorruft, wirklich liebe: Dass hier auch in der Stadt jedes Kind weiß, wo das Essen herkommt, weil man jeden Kohlkopf, jede Rübe auf dem Teller irgendwo zwischen den Städten aus den Ackerfurchen hat lugen sehen; weil der Viehdung zwischen Bochum, Essen, Dormund in die Autofenster zieht, weil Pferde neben der Schnellstraße wiehern, weil hier also nicht nur die Städte selbst, sondern auch Stadt- und Dorfleben nahtlos ineinander übergehen. Bis auf den Autolärm ist es still. Ab und zu keckert eine Krähe; die mit Autoreifen beschwerten Planen über den eingebrachten Heuballen in den Höfen der Landwirte machen leise Flattergeräusche.

Auch auf dem Kreuz der Klosterkirche sitzt eine Krähe. Bald läuten die Glocken zur Sext und Non.

Goldener Oktober

Am Morgen liegt Raureif über den Weiden. Die Schafe im Klostergarten haben sich unter einem Baum zusammengekauert und geben sich gegenseitig Wärme. Wiewohl die Tage noch warm sind und die Bäume volles, kaum verfärbtes Laub tragen, naht unverkennbar der Winter.

Zu den Vigilien um 6 Uhr morgens ist es noch stockdunkel draußen; die Kirche ist kalt. Aus den Ärmeln des Habits einiger Mönche sieht man dicke Pulloverärmel ragen, ab und zu hustet oder schneuzt sich jemand im Chorgestühl. Ich bewundere, wie gekonnt einer der Gottesmänner einen Niesanfall mit einer Verbeugung synchronisiert, sodass es kaum jemand mitbekommen hätte, wäre da nicht noch ein kurzes Aufleuchten eines eilig hervorgezogenen Taschentuchs gewesen. Kurz: Es sind etliche Mönche erkältet; nichtsdestotrotz singen sie auch an diesem Morgen herzerwärmend schön ihr Nachtgebet, das fließend ins Morgenlob übergeht. Und diese mild stimmenden Tagesanfänge im Gebet sind wohl der Grund, warum mir das extrem frühe Ausstehen hier weniger Greuel ist als anderswo. Spätestens zum Laudes ist aber auch mir erbärmlich kalt und ich frage mich, wie es die sehr asketisch lebenden unter den Heiligen schafften, in Hunger und Kälte ihre Gottesbeziehung noch zu vertiefen. Ich indes muss mich mühen, mich auf den lateinischen Text der vorgetragenen Psalmen zu konzentrieren und nicht allzusehr in der Bank zu zittern.

Als die Sonne zur Frühstückszeit hervorbricht, wird es dagegen schlagartig warm. Gegen Mittag ist es geradezu heiß zu nennen; ich schwitze bereits im Hemd unter azurblauem, wolkenlosen Himmel und entscheide mich daher zu einer längeren Wanderung.

Erneut geht es entlang der Felder, einen steilen Hang hinab durch friedliche Wohnstraßen, wieder hinauf zur Landstraße und bei „Ingas Hühnerhof" wieder hinab in Richtung Wald und Ruhr-Universität. Ein Bus fährt hier nur einmal in der Stunde. Vom Tal aus bewundere ich die sattgrünen bewachsenen oder frisch umgepflügten Äcker mit ihren malerischen Gehöften dazwischen; Fachwerk oder Schiefer. An einem der Bauernhäuser, das pittoresker nicht sein könnte, trägt eine Tafel über der grün gestrichenen Eingangstür die Aufschrift „A.D. 1486".

Davor stelzen Hühner herum; neben einem kleinen Wassergraben räkelt sich eine grauweiß gescheckte Katze in einem Sonnenfleck.

Und das mitten im Ruhrgebiet.

„Als ich hörte, dass ich nach Bochum komme, war ich entsetzt", erzählte der nette ostfriesische Gastpater bei einem gemeinsamen Ausflug zum nahen Stausee am Vortag, „ich dachte, da ist alles grau und hässlich und industriell. Bei uns in Ostfriesland ist es doch so schön, und die Leute aus dem Ruhrpott kamen bei uns immer zur Erholung. Deswegen dachte ich: Dort muss es ja furchtbar sein. Und nun gibt es hier so schöne Ecken."

Ich freue mich, dass wir beide die Schönheit Ostfriesland und die des ländlichen Ruhrgebiets zu schätzen wissen, und lächele in der Erinnerung an das Gespräch. Das glaubt mir hier von meinen Freunden auch keiner, denke ich, während ich weiter wandere und dabei die wunderbare Szenerie genieße; und „beweisen" kann ich es nicht, da ich heute zwar die schwere Kamera mitschleppe, aber die Speicherkarte im Kloster vergaß.

Schön war es am See; auch dort wurden viele Kindheitserinnerungen wach, vieles war noch vertraut — auf diffuse Weise oder deutlich. Auch das Tretboot in Form eines Schwans war noch da und schaukelte auf silbrigen Wellen; drumherum gründelten lebendige Artgenossen. Natürlich quengelten wir als Kinder ständig um eine Fahrt mit diesem Schwan, und ich überlege, ob es noch derselbe ist, aber vermutlich ist es schon Schwanentretboot Nr. 8, man weiß es nicht. Nun sah ich das Boot erstmals aus der Höhe eines Erwachsenen und badete mein Herz in dem Anblick. Auch der Mönch schwelgte am Ufer des Sees in Erinnerungen und berichtete von einer Konventfahrt mit dem Ausflugsschiff, ein ganzer Kahn voller Ordensmänner — was für eine Schau! Ich konnte es mir lebhaft vorstellen.

Heute aber bin ich allein unterwegs und es soll es zu einem anderen Ort mit vielen Erinnerungen gehen: In den Botanischen Garten. Ein schmaler, steiler Weg mit dem Hinweis „Fußweg zur Universität" führt mich tief in einen

alten, dichten Wald. Umgestürzte Bäume liegen in moos-
überwucherten Abgründen, riesige Eichen werfen mit
ihren Früchten, an den Sträuchern leuchten sattschwarze
oder feuerrote Beeren.

„Kind, geh niemals allein in den Wald spielen!" höre ich
noch eine warnende Stimme, aber das Kind ist groß, und
es tut gut, mir den Wald jetzt ganz neu zu erobern. Nach
einer Weile begrüßt mich die Universität mit einer über-
mannshohen Betonmauer in brachialer Hässlichkeit. Davor liegt Müll, dahinter beginnt gleich der Wald: Wenn
mich jemand umbringen wollte, dann hier, an dieser komplett uneinsehbaren Stelle, denke ich, und gehe ein bisschen schneller.

Und plötzlich ist alles wieder da. Ich quere den Campus,
als wäre ich nicht 20 Jahre lang fortgewesen. Ich erinnere
das Parkhaus, durch das ich vor Urzeiten meinen beige-
metallicfarbenen Golf 1 wand ebenso wie die Reihenfolge
der Fakultätsgebäude und Sportanlagen. Dann erreiche ich
endlich den Garten; eine gute Stunde Marsch vom Kloster
entfernt.

Der Botanische Garten hat sich gemausert. Entgegen der
Erwartung, ihn verkommener vorzufinden als in der Erinnerung, sind die Gewächshäuser und Beete in hervorra-
gendem Zustand; viele exotische Gewächse wurden anläss-
lich des sonnigen Wetters vor den Häusern aufgereiht und
sorgen für mediterranes Flair. Sogar eine kleine Kaffeebar
gibt es jetzt, und ich genieße eine Tasse unter einem Bit-
terorangenbaum, vollkommen glücklich. Es könnte nicht
schöner sein. Der Student hinter der Kaffeetheke kommt
mir schrecklich jung vor und ich werde kurz meines Alters
gewahr: Als ich diesen Garten zum letzten Mal sah, war ich
so alt wie dieser Student und selbst noch einer. Heute bin

ich doppelt so alt; ich könnte sein Dozent sein oder sogar sein Vater. Aber mich dauert das heute nicht: Lebensphasen mit gebührendem Abstand betrachten zu können, tut mitunter einfach nur gut.

Das Pflaster ist von den mächtigen Wurzeln der Nadelgehölze, die mich an meinem Pausenplatz wohltuend überschatten, an einigen Stellen aufgesprengt. Vor mir plätschert ein kleiner Brunnen aus Granit. Das Sukkulentenhaus hinter mir war beim letzten Besuch noch eine Baustelle; nun fasziniert es mit wunderbaren Kakteen und anderen Wüstengewächsen.
Auch der chinesische Garten erstrahlt nach langer Schließung in renovierter Pracht, mehrere Hochzeitspaare machen dort Fotos. Riesige Koikarpfen durchkämmen das Wasser des Teiches, in das Trauerweidenzweige ragen: In der chinesischen Kunst sind diese ein Sinnbild für Frauenhaar und oft Gegenstand erotischer Tang-Dichtung und -Malerei. Künstliche Felsen und ein Gebäudeensemble mit vielen Maueröffnungen bieten immer neue Perspektiven.

Zurück nehme ich einen anderen Weg; durch einen weiteren Wald geht es zum Hinterausgang des Gartens und dort erneut durchs Tal bis zu einer Weggabelung, die zur Linken über einen staubigen, nur teilasphatierten Pfad quer durch die Felder führt, geradewegs auf das noch in einiger Ferne liegende Kloster zu. Ich passiere so üppig blühende Feldränder und Gärten, als sei es gerade einmal August. Dass heute Morgen schon Eis auf den Wiesen glitzerte, erscheint mir nun fast surreal.

Auf eines der Felder, das gestern noch frisch abgeerntet schien, hat der Bauer in der Früh Mist aufgebracht. Mir ist ein bisschen schlecht, als ich mich notgedrungen über eine ganze Ackerlänge daran vorbeiquäle: Das reine Landleben bin ich wohl auch nicht mehr gewohnt; es stinkt zum Gotterbarmen.

Durch die abgewetzten Sohlen meiner uralten Lieblingsschuhe spüre ich inzwischen jedes Körnchen Schotter — auch gewandert bin ich schon lange nicht mehr.

Als ich in den Konvent zurückkehre, steht der freundliche kleine Gastpater gerade vor dem Gästehaus und unterhält sich mit dem Abt; ein anderer Mönch hockt auf der Weide im Kostergarten und füttert die winzigen Shetland-Ponies. Alle tragen den gleichen Habit; der Ordensobere von Bischofsrang, zurzeit zu Besuch aus der Mutterabtei, ist lediglich an seinem Halskreuz von den anderen zu unterscheiden. Der Herbstwind lässt Zingula und Rocksäume flattern und verwebt die leisen Gespräche der Ordensleute mit dem Rauschen der Blätter in den Baumkronen. Es ist ein herrlich aus der Zeit gefallenes Bild.

Wenn jetzt nur noch das Brausen der nahen Schnellstraße in Wirklichkeit die Brandung des Meeres wäre, denke ich, — dann würde ich gleich hierbleiben.

Heimkehr

Als ich das erste Mal nach zwei Wochen Abwesenheit wieder meine Heimatkirche erblicke, durchflutet mich eine unbändige, wärmende Wiedersehensfreude, als sei St. Nikolaus ein lieber, lang vermisster Freund. Es dämmert bereits: Der Winter ist nah, und doch sind die Temperaturen noch immer sehr mild. Die Kirche zeichnet sich schwarz vor dem Farbspektakel des Sonnenuntergangs ab; aus ihren

Fenstern und der geöffneten Tür leuchtet warm und einladend Kerzenlicht.

Es ist schön, ein Zuhause zu haben. Vor lauter Glückseligkeit, wieder hier zu sein, würde ich das Kirchlein am liebsten umarmen, wenn es nicht eindeutig zu groß dafür wäre. Also gehe ich wie gewohnt hinein und freue mich, hier quasi mittlerweile mit jedem Stein per Du zu sein. Aus der Sakristei dringt das Gespräch des neuen Kurpfarrers mit einem Messdiener. Ich begrüße beide; Hochwürden kennt mich noch von seinem Aufenthalt im letztem Jahr. „Inzwischen bin ich auch offiziell katholisch", berichte ich stolz, „Sie dürfen mir jetzt das Abendmahl verabreichen!"

— Abendmahl! Manche evangelischen Details bekomme ich wohl doch so schnell nicht raus, auch wenn mein Verständnis der Eucharistie inzwischen natürlich ein katholisches ist.

„Das hörte ich schon, herzlichen Glückwunsch!" lacht der Pfarrer, und ich fühle, dass es von Herzen kommt.

Jetzt gehöre ich zur Familie, und die Liebe, die ich hier fühle, die Liebe Gottes, ist größer und schöner, als ich es mir je vorgestellt hätte.

Und ist diese Kirche nicht auch in Wirklichkeit mein Freund? Gefeiert haben wir zusammen, gefreut, gelitten, gedankt, gefleht, geärgert und wieder Frieden gefunden. Ich habe hier drinnen geweint und gelacht, dem Kirchlein Freunde und Feinde vorgestellt; ja, sogar den Mann, den ich liebte, stellte ich dieser Kirche vor, wiewohl ich dort mit Beginn der Katechese zugleich das Versprechen gab, künftig der irdischen Liebe zu entsagen, zumindest in erotischer Hinsicht. Ja, ich kannte die Haltung der römisch-katholischen Kirche zu Homosexualität und allen Formen nicht-heteronormativen Daseins. Aber das Bedürfnis nach einer Beziehung zu Gott war und ist größer als die Sehnsucht nach einer Partnerschaft. Das ist wohl nichts, was man Außenstehenden vermitteln könnte; auch ist es kein „Einknicken" vor einer vielleicht nicht mehr zeitgemäßen Lehrmeinung und es ist auch kein „Verrat" an den Menschen, die seit Jahrzehnten für LGBT-Rechte kämpfen — Menschen, von deren Einsatz auch ich schon zur Genüge profitierte, dessen bin ich mir voll bewusst. Es ist wohl schlicht meine ganz persönliche Berufung: Unabhängig von einem Weiheamt. Und es fühlt sich nicht nach Verzicht an.

Das Seelsorge-Zimmer, in dem ich mich also aus freiem Herzen dem freiwilligen Zölibat unterwarf, ist zugleich auch der Beichtraum, wo mir kurz nach der Firmung in einer Generalbeichte 40 Jahre Sünden vergeben wurden. Hier, in dieser Kirche, wurde mir ein Neuanfang in so vielen Dingen geschenkt — wenn nicht gar in Allem, was mir das Leben heute lebenswert macht. Wie könnte es mir da nicht ein Grundbedürfnis sein, auch etwas von mir zu schenken?

„Du wirkst so glücklich". Freunde sagen mir das neuerdings ständig. Sogar solche, die mit Kirche eigentlich nichts anfangen können. In meinen irdischen Beziehungen war ich nicht glücklich. Das klingt schlimm, aber es tut nicht mehr weh, das auszusprechen. Ich habe verstanden. Und es tut gut, dass die katholische Kirche die bewusste Entscheidung zum Alleinbleiben wenigstens als gleichberechtigte Lebensform neben der Ehe würdigt: Dem Apostel Paulus sei es gedankt.

Und so glaube ich nun fest daran, dass der HERR tatsächlich am Besten weiß, was — und wer — für uns wirklich gut ist. Und dass er mit jeden einzelnen von uns seinen ganz eigenen Plan hat. Für Gott sind wir keine anonyme Verwaltungsmasse, kein Humankapital, keine Kostenstelle. Bei Gott sind wir.

Tatsächlich bin ich auch froh darüber, dass nun auch die letzte, romantisch konnotierte Liebe, die ich zu einem Menschen fühlte, im Sande verlaufen ist.
„Zölibat ist Gnade." Ich las diesem Satz in einem Buch und ahne nun, was damit gemeint ist: Ein zölibatäres Leben nimmt einem nichts weg. Es gibt.
Ich sehe mich in der Kirche um, in der ich so viel um diesen geliebten Menschen weinte, die ich sogar mit ihm gemeinsam betreten hatte, in der ich bis heute für ihn bete. Aber ich danke Gott dafür, dass er mich von dieser Liebe befreit hat, so schwer es für uns beide auch war.
Ich kann es nicht ändern: Es ist übermächtig. Dieses Gefühl: Ich gehöre hier hin. Ich bin von Herzen gerne katholisch und es erfüllt mich mit Glück und Zufriedenheit, Gott zu dienen, egal, wie viele Menschen mir noch sagen werden, dass das nicht sein kann, dass es nicht passt und dass es nicht geht: Es geht. Und es geht weiter.

Stilles Glück

Am frühen Morgen steigt Nebel aus tauglitzernden Feldern. Ein breites, dichtes Nebelband zieht sich durch die Dünentäler wie ein weicher, weißer Schal. Verhüllt sind Gebäude, Bäume, Straßenlaternen. Nur die Andreaskreuze des Bahnübergangs zeichnen sich noch schemenhaft ab, als die erste Inselbahn daran vorbeirattert. Dann bricht die Sonne hervor und taucht die Szenerie in Gold; sofort wird es warm und die Menschen in der Bahn wickeln die Schals ab und öffnen ihre Jacken.

Ich bin unterwegs zu einem Besuch auf dem Festland. Erneut verspricht es ein strahlend schöner Tag zu werden.

Der Oktober ist schon weit fortgeschritten, dennoch scheint dieser Sommer meteorologisch kein Ende zu nehmen. Mit winzigen Unterbrechungen ist es tagsüber noch über 20°C warm und fast durchgehend sonnig. Lediglich die Zugvogelschwärme, die überreifen Sanddornbeeren und das sich verfärbende Laub künden vom angebrochenen letzten Viertel des Jahres.

Auf der Inselkirche haben sich Stare versammelt: Mit ihrem prächtigen, schillernd-gesprenkelten Gefieder sind die kleinen Vögel wunderschön anzusehen; ordentlich Radau machen sie außerdem. Bald werden sie weiterziehen. In der Dämmerung kann man morgens und abends die spektakulären Formationen sehen, zu denen sie sich im Fluge über den Dächern des Inseldorfes, den Dünen, Deichen und Weiden sammeln.

Die Löffler sind bereits fort; die Rotschenkel stehen — „Ein Stein, ein Bein", wie unser Naturführer sagt — dicht gedrängt an der Hafenmole und lassen ihr sehnsüchtiges „Tjüüt" erklingen.

Ich sehne mich nach nichts mehr. Ich möchte da sein, wo ich jetzt bin und genau das Leben führen, das ich jetzt führe. Mit der Neugier auf alles, was noch kommen mag — ob Begegnung oder Berufung. Es ist kein schmerzerfülltes Vermissen mehr da, keine innere Unruhe mehr, keine bohrende Frage nach dem Warum.

Der Klosteraufenthalt hat mir gut getan.

Es ist nicht leicht, nach so viel Einkehr wieder in den Alltag zu finden, der auch auf Langeoog sehr trubelig sein kann.

Aber die innere Einkehr bringt eine Menge Leichtigkeit in die Dinge.

Die Frühfähre zum Festland ist nicht allzu voll, aber das entgegenkommende Schiff birst nahezu vor Menschen: Tagesausflügler, die das schöne Wetter ausnutzen möchten. Ein Saisonende ist noch lange nicht spürbar, wiewohl die ersten Strandkörbe bereits wieder abtransportiert wurden. Und die Herbstferien stehen erst noch bevor.
Ich verbringe mit meinen Eltern ein paar schöne Stunden im Schlosspark Lütetsburg und in der angrenzenden Stadt Norden. Auch dort ist eine hohe Lebensqualität spürbar und ich genieße das Flanieren und Schauen, den Kaffee und den Pflaumenkuchen, für den man nicht gefühlt Haus und Hof verkaufen muss: Die Preise haben auch dieses Jahr noch einmal ordentlich angezogen auf Langeoog. Aber ich möchte nirgendwo anders mehr sein.

Als ich die letzte Fähre zurücknehme, verabschiedet sich der Tag ebenso spektakulär, wie er begann.
Ein prachtvoller Sonnenuntergang verfärbt den Himmel in weiches Pastell. Die Sonne schickt ihr letztes Licht in goldenen Strahlen durch die Wolken, die aussehen wie die Corona einer kostbaren Monstranz.

Tantum ergo sacramentum
Veneremur cernui,
Et antiquum documentum
Novo cedat ritui,
Præstet fides supplementum
Sensuum defectui.
(GL 494)

Ich denke an die tägliche Aussetzung und Anbetung im

Kloster und wie würdevoll und festlich dieses Ritual doch war. Der Weihrauchduft, der lateinische Gesang, die Kerzen. Die beinahe zärtliche Geste, mit der ein anderer Mönch den Zelebranten in das weiße, goldbestickte Schultervelum hüllte, bevor dieser nach einer tiefen Verbeugung hinter den Altar trat und die Monstranz vor Entnahme der Hostie zur letzten Anbetung emporhob. Die Gläubigen bedeckten derweil das Gesicht. Das Tageslicht, welches durch die Buntglasfenster der Kirche fiel, spiegelte sich im Goldglanz des liturgischen Geräts und warf seine Reflektionen in reichen Farbfacetten auf das Altartuch.

Und nun, hier an Bord der Langeoog I, lässt der HERR die Schöpfung leuchten, spiegelt sich die Sonne auf stiller See, erstrahlt der Himmel in den Farben der Buntglasfenster. Fast möchte man auch hier in Demut und Ehrfurcht sein Gesicht bedecken.

Es ist so schön.

Mit dem Versinken der Sonne laufen wir in den Heimathafen ein. Es tut gut, jetzt alle Wege zu kennen. Im Gegensatz zu den Touristen, deren Aufregung mit jedem Meter Bahnstrecke steigt, muss ich mit dem Verlassen der Bahn nicht mehr suchen, keine Karten entfalten oder Apps öffnen. Ich gehe einfach nach Hause.

Autor

Mayk Dorian Opiolla, geboren 1976 in Velbert/NRW, betätigte sich als Bibliothekar, Buchhändler, Übersetzer, Werbetexter und Ghostwriter in Köln, München, Nanjing und Berlin, bevor er sich mit dem Umzug auf die ostfriesische Insel Langeoog 2014 einen Lebenstraum erfüllte. Neben der eigenen Buchreihe „Momentaufnahmen" veröffentlichte der Diplom-Regionalwissenschaftler bereits einige Literaturübersetzungen, Essays, Kurzgeschichten und Gedichte und ist zudem als Lokalredakteur tätig. Auf seinem Blog www.gefluegelmitworten.wordpress.com befinden sich neben der „Momentaufnahmen"-Kurzprosa auch Zeichnungen und Lyrik. Kontakt: mayk.dorian@gmail.com

Ebenfalls von Mayk D. Opiolla erhältlich:

Momentaufnahmen Berlin — Langeoog
Band 1 (2014)
Paperback, 132 S.
ISBN 978-3-7347-3780-0
EUR 6,95

Momentaufnahmen Berlin — Langeoog
Band 2 (2015)
Paperback, 108 S.
ISBN 978-3-7386-4530-9
EUR 6,95

Momentaufnahmen 3
Berlin — Langeoog (2016)
Paperback, 220 S.
ISBN 978-3-8391-3521-1
EUR 10,95

Momentaufnahmen 4
Neue Betrachtungen von der Insel (2017)
Paperback, 184 S.
ISBN 978-3-7431-9561-5
EUR 10,00

Bestellbar über jede Buchhhandlung oder direkt beim
Verlag: www.bod.de